花城拾花

秋藤子——著/绘

南方日报出版社
NANFANG DAILY PRESS
中国·广州

图书在版编目（CIP）数据

花城拾花 / 秋藤子著/绘. — 广州 : 南方日报出版社, 2023.8
ISBN 978-7-5491-2718-4

Ⅰ.①花… Ⅱ.①秋… Ⅲ.①散文集—中国—当代Ⅳ.①I267

中国版本图书馆CIP数据核字(2023)第121604号

花城拾花
HUACHENG SHIHUA

著 / 绘：秋藤子
出 版 人：周山丹
责任编辑：巫殷昕
装帧设计：二间设计
责任技编：王　兰
责任校对：阮昌汉
出版发行：南方日报出版社
地　　址：广州市广州大道中289号
经　　销：全国新华书店
印　　刷：广州市岭美文化科技有限公司
开　　本：787mm × 1092mm　1/32
印　　张：9
字　　数：120千字
版　　次：2023年8月第1版
印　　次：2023年8月第1次印刷
定　　价：68.00元

投稿热线：（020）87360640　读者热线：（020）87363865
发现印装质量问题，影响阅读，请与承印厂联系调换。

时光在我们看一朵花时放慢了脚步

对于爱花人来说，居花城是幸福的。

广州“花城”的美誉，不管是来自古时候城门口的素馨花市，还是来自秦牧先生的名著《花城》，总之花城是名副其实的，不仅四季有花，一些花还很任性，不依时节乱开。既然“花城繁花花影乱”，我便“爱花花下将花看”。

看花、拍花，写花、画花，一年四季皆为花忙，自得其乐。这本小书，便是这两三年的“拾花”所得。以春夏秋冬时序为线索，用60篇短小的散文，记录下在花城寻花看花的过程，其中有花的传说典故，有温暖有趣的故事，有些许博物学的知识，有花草光阴下的生命流转和时间遗落的痕迹。而参考自专业书籍和平台的知识，让我更喜欢和敬佩植物的灵动和奇妙，也将花渐渐变成了熟悉的朋友。

一个人的“拾花行”，目力自是有限，但也企图描画出花城四季花事的大致轮廓。这些花，我们身边随处都有，只消在匆忙赶路中停一下脚步，仰望或俯下身子，便可遇见。

地球上有数不胜数的开花植物。每一朵花的绽放，都是延续一亿多年的生命传奇。花开只有一个目的，就是传宗接代，但花是大自然给我们最美丽、最慷慨的馈赠。开花植物提供食物，使人类得以繁衍生息；花是人类历史最悠久的交流媒介，承载着对生命和世界的认知，也附着了人们的万千情愫；花在演绎时光的流转，也帮助我们记住日常生活的细节。若将花比人间事，花与人间事一同。花的世界，就是我们人生的一面镜子。

画家夏加尔说："花朵能让人忘记生命中的悲剧。"是的，心情不好的时候，到植物园晃荡一圈，好了。当凝视一朵花时，会感到宁静愉悦、心醉神迷，不管那朵花是荣是枯。

写《花朵的秘密生命》的作家沙曼·阿普特·萝赛说："时光在我们看一朵花时放慢了脚步。也许这样做，可以让我们慢些老去。"

单是为了"慢些老去"，我会为一朵花停下脚步。你呢？

目录

春

Spring

夏

Summer

秋

Autumn

冬 Winter

花城十六花笺

紫粉笔含尖火焰，红胭脂染小莲花

却是南中春色别，满城都是木棉花

汉家宫阙生秋草，惟有美人花自开

虞美人

疑是洛川神女作，千娇万态破朝霞

只道花无十日红，此花无日不春风

月季

坐忘佛土三生梦，来结人间一夏凉

紫薇

盛夏绿遮眼，兹花红满堂

情知不带飞扬性，谩逐东风上下狂

芙蓉雅与秋相好，独对层台试晓妆

平生不借春光力，
几度开来斗晚风

宁可抱香枝上老，不随黄叶舞秋风

菊花

一枝淡贮书窗下，人与花心各自香

玉骨那愁瘴雾，冰姿自有仙风

幽兰生前庭，含薰待清风

兰花

影薄谁停绣，香清似煮茶

凌波仙子生尘袜，

水上轻盈步微月

春

桃花春色暖先开，明媚谁人不看来

桃之夭夭

题目很旧，也有很多人用过。但年年看到桃花开，从无数桃花词中一下子跳出来的，依然是已有三千多岁的简洁美好的这一句。所以，我不打算免俗。

在流传最广的“二十四番花信风”版本中，桃花排在“惊蛰”的第一候。广州的桃花可等不了那么久，冬天尚在，就迫不及待来了。传统的岁暮花市，行花街时，很多人要扛一棵桃花回家的，是“大展宏图（红桃）”的意思。只是令我不解的是，那些围着桃花嘤嘤嗡嗡的小蜜蜂，到底是跟着买花人回家了呢，还是回自个儿的家了？小家伙们认得回家的路吗？

花城广场那个小小的桃花岛，这时也发了三两枝，颇让人生出“客路那知岁序移，忽惊春到小桃枝”之慨。白云山桃花涧的桃花，则会在春节期间开满山谷。我去过几次，印象深刻的只有两次，一次是病后女儿老虫子陪我去，莎莎给我俩拍了好多照片；一次是父母来广州过年，我陪他们去，给他们拍了好多照片。现在，“年年岁岁花相似，岁岁年年人不同”的意思，算是深深体会到了。

桃花原产我国，已经有三千多年的栽培历史，约在汉武帝时期传入波斯，再经波斯传入欧洲。桃花在中国的文化意蕴深厚，大抵如下：

春天。桃花全盛期在春天，它作为春天的代名词再恰当不过了。

美人。桃花与美人的关系，从《诗经》“桃之夭夭”的良辰美景到“人面桃花”的先悲后喜，不管是诗句还是传说，都流传不衰。

悲情。花红易逝，《红楼梦》里林黛玉葬的花就是桃花，“一朝春尽红颜老，花落人亡两不知”，引人无限感伤。

桃源。这自然缘于陶渊明那篇举世闻名的《桃花源记》，这是中国文人雅士心中的“乌托邦”，花间住，远尘世。

有一张照片曾让我动容。照片名叫“江南无所有，聊赠一枝春”，出自2009年《中国国家地理》湖北专辑。一位秭归县的三峡库区移民，在与故乡永别时，因为舍不得门前的一棵桃花，挖了来，放进背篓里，准备带到新家。背篓里的这一树桃花，从此便是故乡。

桃花可食可美容，还可瘦身。古时候的洛阳人家，寒食节食桃花粥；孙思邈《千金方》中“令人面洁白悦泽，颜色红润方”的一方即为“采三株桃花，阴干，末之。空心饮服方寸匕，日三，并细腰身”。然而今人没了这好习惯，徒留乱红如雨落纷纷。

桃木因为背后有夸父、后羿等神话传说，自古被认为是辟邪之物，无论是《左传》记载的“桃弧、棘矢，以除其灾”，还是大家耳熟能详的王安石的诗句“总把新桃换旧符”，都足以证明。

桃子用来给老人贺寿更是有着久远的历史，故事不同，但献桃贺寿已经是中国人自古至今达成的共识，融入血脉里了。即便没有鲜桃，人们也会用面粉做成寿桃给老人拜寿。

现在据说全世界培植的桃花有三千多品种了。我喜欢单瓣的，粉白的花瓣，透着一点红晕。我觉得桃花宜出现在乡野、屋旁、溪边，三两棵，明艳照人又朴素优美。广州的桃花鲜有单瓣的，多集中栽种，比如白云山、海珠湖等大小公园，花朵密密匝匝，如云似锦，没有意外之喜，但毕竟一年一度，还是值得期待和探访。

记得有一年在昆明赏梨花时，看到野地里的粉色单瓣桃花，花上面还挂着几丝蛛网，是清冷的美。多年前春天出差北京，坐在出租车上，桃花散落在街道各处，车一转弯就突然出现在眼前，那么一小棵，在灰蒙蒙的料峭背景中，开着白花，开着粉花，开着红花，是一个接一个的小惊喜。不知道现在春天的街道，还会不会有这样的遇见。

去年春天的尾巴与心宇、吴洁、冬冬去了河源，想看脆甜好吃的鹰嘴桃的花。遗憾的是，花期已过。

今年春天去大瑶山的主峰圣堂山，路过村落，看到农家院屋角有一株开得满满的红桃花，或者坡地上斜长着一棵孤零零的粉桃花，都正是我喜欢的样子。

桃花

李花浅白开自好

广州市一年一度的花市拉开帷幕时，我就跟围着花转的蜜蜂一样兴奋，每天出门都要先拍一轮。家门口的水荫路就是花街。心宇说，花市的花很容易拍俗了。于是我就跟她去从化吕田拍脱俗的李花。吴洁罕见地早起了一回，睡眼惺忪，上了车才惊觉自己错听成了梨花。错就错吧，李花也不是那么轻易见得到的。也亏得她来了，带着我们在花前疯跑了一回，否则我和心宇八成一直死死盯着花们不眨眼，直到累瘫为止。

古代诗人吟咏李花，多与桃花连在一起，唐贺知章："桃花红兮李花白，照灼城隅复南陌。"宋秦观："小园几许，收尽春光。有桃花红，李花白，菜花黄。"后人又将"桃李"并称指门徒学生，唐白居易有诗："令公桃李满天下，何用堂前更种花。"

不知是不是嫌弃李花没有梅花的香和桃花的艳，城市公园里种得不多。李花的姐妹倒是见过的。那年在北京去看海棠，被保安小哥告知没花了。我丧气地走进去，果然满眼的绿色。远处隐约有几棵花树，就直奔过去。花树躯干粗糙曲折，虬欹细瘦的枝条上，小小的花朵点缀在紫色的叶子间。花瓣呈淡淡的紫粉色，娇柔单薄，微风和软，盈盈欲飞。树下，早已铺了一层细密的花瓣。值海棠占尽春色、樱花千株万片的此时，这几树紫粉色显得格外清新。几年前在意大利，也偶遇过这样的花树。花开得遮天蔽日，原来，它也是可以烂漫的，有着被光阴恩宠的面貌。当然，也可以如眼前般疏离寂寥。后来知道了它的芳名：紫叶李。

李花洁白如雪，唐韩愈："风揉雨练雪羞比，波涛翻空杳无涘。君知此处花何似？白花倒烛天夜明，群鸡惊鸣官吏起。"李花白得连雪也比不上，像无际的波涛在空中翻腾涌动，还把夜空照得通亮。群鸡误以为天明，惊啼，官吏们也纷纷起床了。把李花的"缟夜"渲染得很夸张。宋杨万里的"今宵无月不须灯，千树李花如昼明"，亦有异曲同工之妙。

* 紫叶李

* 李花

从化吕田有10万亩李花，漫山遍野，房前屋后，此时全盛开了，果真若白雪堆满枝。只有满耳的蜜蜂嗡嗡声，提醒你这一簇簇的是李花。花旁有蜂箱静候勤劳的小蜜蜂满载而归，有鸡鸭乱走，有腊肉吊挂，有炊烟袅袅，有衣裳晾晒；花旁的人家劳作如常。心宇学过摄影，她那些烟火气和李花结合得很好的照片，野趣盎然。

与李花一样洁白的梨花在广州就几乎看不到了。有一年与心宇专门去赴一场“梨树下赏花煮茶”之约，才算第一次见到了梨花。那是在昆明的一个千亩果园里，恰如诗人于坚形容的那样：“一树树梨花像白色的火把那样斜插在红土的山地中，猛烈地燃烧，大风吹过，遍地是白色的火星子。”梨花树下摆着长条木几，地上放着布坐垫，风过处，流云过处，树影花影就在坐垫上变幻出一幅幅美妙的图画。草地上已架好锅，煮着食物和茶。烤炉上烤着饵块和豆腐。米线放在铺着芭蕉叶的桌上，筷子就用一只篮子吊在树杈上。我们吃着这些有着山野林间本真滋味的粗茶淡饭，花瓣一片一片飘落到碗里。

古代诗人笔下的梨花也有着洁白如雪的壮观，如宋贺铸“三更月。中庭恰照梨花雪”。但更多是喻为迟暮美人、漂泊游子，与伤春、风雨相连，唐白居易“梨花一枝春带雨”、宋李重元“雨打梨花深闭门”，都是伤感的梨花词啊！

同样花期同样白色的杏花，印象就一直停留在“红杏枝头春意闹”“深巷明朝卖杏花”的唐诗宋词里了。不过周瘦鹃说了：“苏州卖花人，只有卖玫瑰花、白兰花、茉莉花的，卖杏花的却绝对没有。”

倒是在阿姆斯特丹的凡·高博物馆，我看过那幅著名的《盛开的杏花》。这是凡·高送给他侄子的诞生礼物。洁白的杏花和蓝色的天空，让我看到一个孤独的灵魂对新生的感动、柔情以及最美的祝福。在欧洲，杏花是春天最先开放的花朵。画《盛开的杏花》的那个春天，是凡·高的最后一个春天，美好而又残酷！

梨花

但有一枝堪比玉

我一直觉得如果错过玉兰，春天会不完整。

第一次在白云山桃花涧看到几棵玉兰树开花，很惊讶，一直以为玉兰为江南所独有，没想到岭南也有。后来我在云南见过，在北京也见过，才知道玉兰大江南北都有的。

工作时忙得够呛，十年如一日大年初三便要开工，错过了很多年的玉兰花开。这两三年不小心也会错过。记得前年年后到冬冬家吃饭，饭后她带我和心宇到海珠湖公园走走，走了一圈，发现只剩几朵玉兰还绽放在枝头。冬冬说这几朵是专门等着我的。

4月初的时候，婉琴说她的中学同学郭倩文老师是华南国家植物园（以下简称“华南植物园”或“植物园”）的志愿者，邀我和心宇去看花。这次的目标主要是被称为“世界木兰中心”的木兰园。园中有500多株木兰科植物，早春有二乔争艳，仲春有各色木兰吐蕊，暮春初夏含笑芬芳。可惜我们来得不是时候，只见到几朵刚开的厚叶木莲，含笑也还在含苞。已经开过的玉兰大多败了，残留的白色花瓣，如张爱玲所形容的：像污秽的白手帕，又像废纸抛在那里，被遗忘了。

我们问在园中劳作的工人花期，他答：你们4月中旬再来。或者，每天都来看一眼。

结果4月中旬没去，下旬也没去，更遑论每天看一眼了。总有各种忙和懒。

去年3月初去二沙岛，意外看到了玉兰花开。再去植物园的木兰园，终于遇上了花期。每棵树都开满了花，洁白、紫红、粉红、淡黄，千千万蕊，尽放一时，玉般温润，兰般幽香，如美人亭亭玉立于粗糙的虬枝上。那里的环境，倒颇有几分王维《辛夷坞》“涧户寂无人，纷纷开且落”的意境。

玉兰为木兰科玉兰属植物。木兰科发源于白垩纪，是地球上第

* 玉兰

* 荷花木兰

一批开花的植物之一，具有很高的科研价值，被誉为“花中活化石”。玉兰原产我国长江流域，已有2500多年栽培历史。明王象晋《群芳谱》写玉兰：“九瓣，色白微碧，香味似兰，故名。”

然而玉兰有不同颜色品种、各种称呼，于我至今仍是一笔糊涂账，大略知道白玉兰又叫迎春、应春、望春、玉堂春，也有人认为望春是最早开花的一个特殊品种，桃粉色；紫玉兰又名木笔、辛夷，白居易曾将木兰比喻为同名的花木兰：“从此时时春梦里，应添一树女郎花。”女郎花写的就是紫玉兰。星花玉兰以及白玉兰和紫玉兰杂交的花瓣外紫里白的“二乔”，也比较好认。

玉兰温润醇厚宛若脂玉的花瓣，其实叫“花被片”。有些花的萼片能兼任花瓣的角色，植物学家没办法区别两者时，就称这种萼片或花瓣为花被片或花瓣状的萼片。我们外行人，叫花瓣就好了。

我家附近的东风公园里，其实也有几棵玉兰。花紫红，长得有点皱巴歪扭，不够舒展，但我不嫌弃，身边有玉兰花，感觉春天很圆满。

木兰科好多花都赶在春天急吼吼地开，但荷花木兰不慌不忙的，等到家族的姐妹们开过了，才从容淡定地绽放。我第一次看到荷花木兰，是在5月的华盛顿街头，当时就惊艳于花的硕大素雅，美而不妖，幽香四布，像一朵朵洁白的荷花开在树上。

荷花木兰原产地就在北美洲，高枝阔叶，不开花的时候树也很好看。19世纪末引入中国，据说因最早从广东进口，所以又叫广玉兰，还有别名洋玉兰、荷花玉兰。现在广州的公园确实常见，珠江公园有一大片，东风公园也有七八棵，只是还没有作为行道树普遍种植。

荷花木兰精巧的花蕊柱代表它的古老特征，内轮三个小花瓣精心地呵护着花蕊柱，外轮大花瓣重叠环绕。荷花木兰常在雨后的夜晚和早晨的清露中开放，夜间的花香最为浓郁，以吸引昆虫来授粉。当花蕊掉下来后，都被淳厚的花瓣妥妥地托住，仿佛母亲慈爱地环抱着自己的孩子。

一朵花不知道要闭合多少次，才能完成自己的使命，然后枯萎在枝头。

不是闲花野草流

油菜花和紫云英，是让人想起童年和故乡的植物。它们长在田野里，并不承担什么观赏功能，而是有用。油菜花可榨油，紫云英可肥田，可以采蜜，可以食用。周作人在《故乡的野菜》中说紫云英“味颇鲜美，似豌豆苗。花紫红色，数十亩连接不断，一片锦绣，如铺着华美的地毯，非常好看，而且花朵状若胡蝶，又如鸡雏，尤为小孩所喜”。我小时候没吃过，但路过花田时会揪一把。还记得那时天很冷，脚趾头冻得生疼。所以，当看到古人“沽得梅花三白酒，轻衫醉卧紫荷田”的浪漫之举，觉得太不可思议了。

现在，油菜花仍属于经济作物，但成了春天要专门去观赏的花。紫云英悄然匍匐在某个乡村的田里，做着它华美的地毯，无人问津。

油菜花毕竟属于乡野，所以很少在城市的公园里出现。

我除了在青海湖畔看过那片望不到边的油菜花海，大多是在看樱花、桃花的时候捎带看一眼。只有一年一个初春日，跟着小呙，专门到黄埔大吉沙岛看油菜花。

这片100亩的油菜花海不算壮观，一列小火车穿行其中。这里的油菜花，除了黄色，还有橙色、粉色、白色，在我们惊喜于这新发现时，晓霞泼冷水："那应该是萝卜花吧！"然而，确实是有黄色的油菜花与二月兰、萝卜等杂交，培育出彩色油菜花的，只是我们无法分辨。

这里有个"隆平稻香园"。2020年，袁隆平院士亲自选址大吉沙岛，建设近千亩试验田。油菜花田是农业旅游的名片，更主要的作用是调节土壤功能。这个昔日的江心"孤岛"，计划建成一个智慧农场。

春末，跟心宇去河源，意外遇见了紫云英，虽然只是一小片，仍有一种久违的亲切。身边的油菜花在结籽，河水清且涟猗，远山青黛，树木亲切，仿佛一下子回到了童年。

童年在山上见过的桃金娘（我们叫山稔），华南植物园里倒是有一片的。山稔的花很好看。老家夏天的街头巷尾有农民挑着山稔果的

* 紫云英

角茎野牡丹

担子，论杯卖，那小小的果子挺好吃，但不能多吃；也有卖用晒干的山稔泡的酒。与山稔同时出现的还有野牡丹和地稔，结的果我们叫黑口枣，因为吃完后舌头就变成黑紫色的了。在乡下老家读书那一年，星期日走路去外婆家，路边的山稔、野牡丹和地稔结了果，一路走一路摘，到了外婆家就伸出那条被染得黑紫的舌头给她看。

至于来自南美的巴西野牡丹、角茎野牡丹，现在公园里到处都可以见到，每次看到都要想一次故乡，想起去外婆家路过坟头时因害怕而跑得飞快，上气不接下气的。

乡下常见的还有鬼针草、酢浆草以及油桐花。鬼针草、酢浆草广布山野，老家趁墟的路上有一棵油桐树，春天开满了白花。那棵高大的树下面，是我们走累了休息一下的地方，也是天热时凉快一下的地方。结了籽，榨出来的油，涂在油纸伞上，我们叫桐油伞。听说广西鹿寨中渡古镇山尖村有成片的油桐花，春天小弟开车带我前去寻访，村人说花凋谢了。回程快到家时，赫然看到路边开了花的油桐树，一一掠过车窗。

油桐花在都市里几乎见不到，鬼针草、酢浆草仍然广布，种花人家的花盆里不知什么时候就会冒出几朵不知从哪里来的酢浆草。连乡下人都嫌弃的酢浆草，现在培育出了花色绮丽的品种，虽失却野趣，但好看，便不算“闲花野草流”了。

我还是喜欢野花原始的模样，如比利时作家莫里斯·梅特林克所说的那样：“千年的时光宛如一瞬，它们没有为自己的花瓣多加一层褶皱，也没有重新调整雌蕊的排列方式，更没有改变花朵的颜色，甚至没有添加任何香气。它们是大地最诚挚的笑脸、最执拗的思想和难以控制的欲望。它们有着非常美丽的名字，用我们语言中最富有诗意且温柔至极的声音构成。从它们身上散发出来的忧郁哀愁和美丽雅致，完全压制住了那些轻易被人类驯服的花卉。”

日本绘本大师安野光雅，也不喜欢人类耗费漫长岁月培育出来的改良花草，唯有与野花对坐，才相看两不厌。当他探寻野花，发现它们都在，就放心了。

◦鬼针草

◦桃金娘

春风才起雪吹香

初见樱花，是在日本奈良。在这个颇有长安遗风的小城，在清寂的街道，与一树树粉色樱花不期而遇。从箱根往山下走时，雪花旋舞着飞扑车头，山路两边的樱花树如一团团粉色的轻雾从眼前飘过。漫天的花瓣，也如雪花般飘落，这就是“花吹雪”，日本“物哀”的一道景观：绚烂至极又脆弱至极，盛大而速朽。

在广州第一次看樱花，是在南沙那个很大的园子里，蓝天下粉白的八重樱，如雪般堆满枝头。去年再游园子，几乎只有一堆艳俗的游乐设施和装饰了。真是沧海桑田。

近些年市区里也陆续种植了樱花。除了华南植物园、广州海珠国家湿地公园（以下简称“海珠湿地”），花城广场也种了一片，有“中国红”和“广州樱”等品种，这些都是经过十几年驯化和改良出来的新品种，打破了“樱花不适宜在广东种植”的传统。我常常一个人去看那些可爱的绣眼鸟在花间跳来蹦去。高楼广厦点缀着一树树繁花，竟觉得温情又魔幻。要是再种点绿色的樱花，就更完美了。

有一年我生日，同事玉玲姐给我烤了一个蛋糕，上面是一枝粉红的糖渍樱花。味美色美，记忆犹新。老虫子也买过盐渍樱花做饼干和蛋糕，她说泡水好久还咸死个人，有一丝丝华而不实，体验感一般。她告诉我还有渍樱花叶的，暗绿色、平整，垫在小件或透明的甜品下面，很漂亮，比如那个水信玄饼。

到外地，如果碰上樱花花期，也断不会错过。

因为《红学史》的书稿，和曾大力去武汉拜访作者李广柏老师。谈完书稿，我俩就直奔东湖樱花园。晚樱一边怒放一边纷纷飞落，人行道上铺了一层厚厚的花瓣，让人震撼。

* 樱花

* 樱花树

樱花是尽情之花，绽放时有多烂漫，凋落时就有多决绝，至美至烈。面对纷飞落花感怀伤逝时，一个小伙子为了给女友拍照，脚踹樱花树人为制造樱花雨。我那会儿算中年气盛，很想过去也踹他一脚，虽然明知这些花瓣下一秒就会飘零。

武广高铁刚通车那一年，在武汉大学看完樱花，便去桂子山探望雷实老师。雷老师带我们去吃饭，其中那煲莲藕排骨汤令我们啧啧称赞。雷老师席间离开了一阵子，过了一会儿，拖着一麻袋莲藕回来了。原来看我们赞不绝口，他就到附近的菜市场买了莲藕，让我们带回广州煨汤。若干年后又到武汉，没吃到莲藕排骨汤，颇遗憾。雷老师就说："下次来武汉，上高铁前先通知我，我给你们预订好。"

还与心宇去贵阳平坝看了一场声势浩大的樱花盛开。王安石曾有一首诗云:“山樱抱石荫松枝，比并余花发最迟。赖有春风嫌寂寞，吹香渡水报人知。”而对于平坝农场这片樱花，春风显然是不够尽责的。直到2018年樱花开放时，外媒将视频发到网上，才惊艳了全世界，被称为“蓝色星球最美的樱花园之一”。

平坝农场20多年前就开始种植樱花了，目前已经超过了6000亩，70多万株。这漫山遍野、遮天蔽日的花海，多少年无人识，想来也是从不寂寞的，寂寞的是我们。

“树底迷楼画里人，金钗沽酒醉余春。”这才是“过春天”最理想的姿势。赏花，自古以来就是春天里的一大美事，且充满了仪式感。赏花色、花姿，品花香、花韵，以歌、以酒、以琴、以茗，借花抒怀，让这一刻的美好滋养着往后占了大多数日子的单调乏味。

人世皆攘攘，樱花默然转瞬逝，相对唯顷刻。每一个“顷刻”，都很珍贵。

樱花是日本的国花。很多专家认为，日本最早的樱花来源于我国，日本引进后精心培育，且把樱花文化发挥到了极致。每年3月，从南到北，为一场“花见”兴师动众，如醉如狂。日本作家村上春树的一段话，也许能表达赏花人的同理心:不管是樱、萤或枫，都会在极短的时间内失去它的美丽。我们为了目击那一瞬的光彩，路途再远也愿意前往。当人们目睹一场美丽的盛宴消逝时，反而能找到安慰。

花开花落，不过春风又一年。

满城尽是洋紫荆

春日，广州的花开成了海。其中，满城的宫粉羊蹄甲功不可没。

宫粉羊蹄甲除了见于公园和山间，更是成为行道树种植于大街小巷。有的整条街都是宫粉羊蹄甲，如果恰逢一场春雨，花瓣落满一地，煞是好看。

海珠湿地的宫粉羊蹄甲，白花似雪，粉花似霞，吸引人们簇拥而去。麓湖公园的宫粉羊蹄甲规模没那么大，但一团团粉白粉红如云如雾漂浮在新绿老绿的树间，倒映在水中，另有看头。冬冬和她朋友甚至为争海珠湿地和麓湖的宫粉羊蹄甲谁更好看，几近断交。花开得认真，爱花的人也较真。

平心而论，海珠湿地因为有长长的一条花路，特别是航拍，还是会比麓湖更吸引人，看花人纷纷前往“打卡”，所以知名度比麓湖高出许多。

广东人都称这花为“紫荆花”。然而，紫荆花并不是这种枝条摇曳的宫粉羊蹄甲。清陈淏《花镜》说：“紫荆花，一名满条红。花丛生，深紫色，一簇数朵，细碎而无瓣。”紫荆花是另一种植物，紫红的花簇生于老枝和主干上，团团包裹，密密麻麻。我最早在河南、贵州见过紫荆花，后来在美国波士顿也见过。在岭南则从来没见过。宋龚孟夔写的“婆娑老慕紫荆花，料想春风依旧绿”指的便是这种紫荆花。

南朝梁吴均志怪小说集《续齐谐记》里记述了一个故事：京兆一田姓人家，父母去世后，弟兄三人分家产，财产一律平分，只剩下堂前一棵紫荆花树不好处理。当晚，兄弟三人商量将这棵紫荆花树截为三段。第二天清早，他们发现紫荆花树枝叶已全部枯萎，花朵也全部凋落。大哥不禁感叹道：“人不如木也。”兄弟三人悲不自胜，不再砍树，树应声荣茂，兄弟遂和睦相处。《红楼梦》中林黛玉也曾借紫荆树的复荣，说“可知草木也随人的”。

* 紫荆花

*宫粉羊蹄甲

这些传说，寄托了人们的美好愿望。故此，才有杜甫的《得舍弟消息》：“风吹紫荆树，色与春庭暮。花落辞故枝，风回返无处。骨肉恩书重，漂泊难相遇。犹有泪成河，经天复东注。”紫荆成为兄弟团结友爱的指代。

而我们称为“紫荆花”的，其实是羊蹄甲家族里的宫粉羊蹄甲、白花洋紫荆、红花羊蹄甲，所以我一般笼统称为“羊蹄甲”，以示与“紫荆花”相区别。但“紫荆花”在岭南又是约定俗成的称呼，大家都不会误解。

我老家的习俗，端午节人们喜欢包灰水粽，那灰水便是将各种草木烧成的灰用水过滤而成，其中一种草木的读音就是“紫荆木”，这又是什么植物，我就不清楚了。

一年春天，与心宇在云南建水，看到有村民卖做菜吃的玉荷花，很像我们熟悉的白花洋紫荆。我觉得不太可能，从来没听说过这花能吃。心宇坚持己见，还说难怪路上的树光秃秃的，原来花都被人撸下来炒着吃了。

去饭店吃饭，我们专门点了一盘玉荷花，味道有点涩，并不好吃。查了一下，心宇是对的，我们吃的玉荷花就是广州的白花洋紫荆。不知道云南做菜吃的玉荷花，是不是野生的。

后来在昆明机场，我俩还吃了“女神米线”，里面有茉莉花、百合花、菊花、大白花、金雀花等，也并不好吃。

花，还是拿来欣赏吧。

『小鸟』叫醒了春天

第一次见到禾雀花的图片，便惊为“天鸟”。

之前一直没见过禾雀花的真容。有一年小呙专门带我们去了天鹿湖森林公园，那里有市区唯一一片大规模禾雀花原生态景观。可惜还是晚了一步，整个森林只剩下一两只“禾雀”，在寂静里孤单地垂挂着。

转年不敢再拖延，子玥开车带着心宇和我，三人直奔华南植物园，终于得以一睹禾雀花芳容。

正抬头仰望，一只“雀仔”砰的一声直接砸我脑袋上了。初次见面，这个招呼打得真是不客气呢。

每朵花果然都像一只小巧玲珑的麻雀，二三十朵抱成一串，一串串，吊挂在悠长盘曲的藤蔓上，远看像葡萄，近看像万鸟栖息。

只是，我们还是晚了一点点，之前的几场雨，打落了不少花，以至走近，闻到的不是淡淡的清香，而是难以形容的一种黏稠浓郁的味道。用“恶香”这个词形容，好像比较友好一点。

而花容呢，有些真的像心宇笑说的：“哈哈，都已经跟我们一样，是老同志了。”还有人在旁边说：“这些花，好像几天没洗澡了。”

稍微新鲜一点的花，就被围得水泄不通。特别是老年摄影班的同学们，有打手电的，有拿小喷壶朝花上喷水的，比麻雀还吵闹。

虽然容颜老去，不再娇嫩，禾雀花依然是可爱的灵动的，越看越喜欢，越看越觉得它们不是植物，而是像真的禾雀一样，唧唧啾啾，活生生地把春天给吵醒了。

禾雀花是豆科油麻藤属中多种长相酷似鸟雀的植物的统称，起源非常古老，广泛分布于世界热带地区。我们在植物园见到的“雀仔”有白花油麻藤、大果油麻藤、常春油麻藤等，颜色有淡绿色、粉色、紫色、紫白相间。据说深紫色的经过七八年的精心养育，我们看到的是它们第一次开花呢。

* 禾雀花

◦翡翠葛

◦黄花老鸦嘴

在植物园，还与另一种小鸟花不期而遇。那便是翡翠葛，也叫绿玉藤。

翡翠葛形状奇特，每一朵盛开的花像是一只翡翠雕琢而成的金刚鹦鹉，沿着花梗呈平展状生长，每一串花有数十朵。含苞的似象牙，盛开的如同金刚鹦鹉的喙，所以牌子上直截了当地写着“翡翠鹦鹉”。

翡翠葛颜色更奇特，不知道该怎么形容那种蓝绿色，有人认为是绿松石色，有人认为是水鸭色。这种难以描述的颜色在阳光的照耀下，如翡翠般晶莹剔透，不同凡俗。

禾雀花的花期与翡翠葛的花期并不是每年都能重合的，现在它俩居然完美地相遇了。而我们，恰巧也同时看到了。

翡翠葛来自菲律宾。国内目前仅华南植物园、西双版纳热带植物园等少数几个地方可以栽种。华南植物园的翡翠葛 2008 年引进，2010 年开花后年年开花。

在植物园的稀树草坪上，我们看到一棵名为紫矿的奇特的树。无叶，花橘红色。如果不是没有声音，还真以为是一只只鲜艳夺目的小鸟聚集在枝头举行一场盛大的聚会呢。紫矿也是小鸟花，与禾雀花同科不同属。

紫矿原产印度、缅甸一带，紫矿之名来自寄生于它的紫胶虫。紫胶虫会在树枝上分泌紫红色的胶质，紫胶是航空制造业上重要的黏合剂和医药上的收敛剂。紫矿花可制作红色或黄色颜料，种子可药用。

这棵紫矿 2020 年 3 月才首次开花，很荣幸，第二年我们就看到了。

植物园的藤本园里，有一种花直接就叫作“麻雀花”，因长得像在空中飞翔的麻雀而得名。它张开的嘴，既像嗷嗷待哺，又像引吭高歌，胖墩墩的身影，聚集在成片的藤蔓上，奇特又可爱。也有人认为那张开的嘴似孔雀的尾翎。麻雀花原产南美，是马兜铃家族中的一员，又称孔雀花、开口马兜铃。我去了几次藤本园，只看到美丽马兜铃在开着花，像烟斗，不像麻雀。

藤本园里还有一种花，长长的花序悬垂下来，花朵里面鲜黄色，外缘紫红色。绽放的花朵像张开待食的“鸦嘴”，又像翩翩起舞的跳舞女郎，花序摆动又像钟摆锤。所以它叫黄花老鸦嘴，别名跳舞女郎、时钟藤、舞者之鞋。黄花老鸦嘴原产印度，是爵床科山牵牛属的藤本观花植物，引进中国后只在广东和福建地区有栽种。“跳舞女郎”穿上了红舞鞋，从此年复一年，在风中舞蹈。

红烧朵朵芙蓉砂

木棉生南国，是一种古老的本土植物。宋杨万里就写过“姚黄魏紫向谁赊，郁李樱桃也没些。却是南中春色别，满城都是木棉花”。清屈大均在《广东新语》里形容南海神庙前那十余株古树：“参天古干争盘拿”“红烧朵朵芙蓉砂”。

1982年，木棉花在与菊花、白兰花等58种候选花卉的角逐中，以高票当选广州市市花。

木棉花又叫“英雄花”。最早把木棉花叫“英雄花”的是与屈大均、梁佩兰并称“岭南三大家”的陈恭尹，他在《木棉花歌》中称赞木棉花“浓须大面好英雄，壮气高冠何落落”。广州是一座英雄城市，近代以来很多历史性的重大革命事件发生在这里，诞生了许多英雄人物。一座广州城，半部近代史。木棉树干挺拔直冲云霄，花色热烈如火有气势，称木棉花为“英雄花”，再合适不过了。

我真正关注到木棉花，是从舒婷的那首《致橡树》开始的。我读这首诗的时候，校园里就有高高的木棉树，我仿佛生活在她的诗歌里。

好些年在春节前回家的路上，就看到木棉花悄然绽放。清明时节又回家，木棉花依然在枝头。郊外踏青，婆婆总会捡拾一堆落花回来，准备晒干煲汤煮粥。年少时在二叔公凉茶铺喝凉茶，那个五花茶，里面就有木棉花。

木棉大多先花后叶，一树的花尤显浓烈。花有红色、橙红色，听说还有金色的，尚未见过。花朵硕大，直径超过10厘米。枝头上的花蕾个个都胖嘟嘟的，如壮硕的新生儿，随时见风就长。

清屈大均说木棉花“花绝大，可为鸟窠”。花大而蜜多，不一定成为“鸟巢”，但绝对是小鸟们的“饭碗”。木棉花的摄影作品中通常会出现绣眼、红耳鹎等可爱的小鸟，与硕大的花朵形成有趣的反差。我拍不到鸟，它们和花朵一样，在高高的枝头。

有一年突然发现东风公园里那两棵木棉，有长得比较低矮的枝条，花开的时候，一到下午我就往公园跑，每天都有不同的花在开落。但依然拍不到小鸟。

一个小女孩想摘花，被妈妈讲道理劝住了。两个小男孩拿着矿泉水瓶子往上扔，想把花打下来，怎么劝都不听。其实耐心等一下，花就会落下来了。

去中山纪念堂看那棵树冠张开达900平方米、花开数万朵、已有350多岁高龄的“木棉王”，在树下才站一会儿，“啪嗒”的落花声

* 木棉花

就在四周此起彼伏了，有的打在脑袋上、肩上，大多落在脚边。花那么厚重，自然掷地有声。

南男几年前去了商务印书馆，曾给我寄了几本书来，其中有一本叶灵凤的《香港方物志：珍藏版》。《英雄树木棉》一文写道：花“开在树上的时候花瓣向上，花托、花蕊比花瓣重，因此从树上落下的时候，在空中仍保持原状，这时六出的花瓣却成了螺旋桨，一路旋转而下，然后‘啪’的一声堕到地上”。

如今所见，木棉花是五瓣的，大多数花托和雌蕊不会掉落，花最重要的部分在树上发育，成为果实。只有少数花是整朵掉落的。

去年，倒是有一朵旋转而下的木棉花视频刷了屏。先生说他们创意园有一大片落花。怕被清理掉，赶紧跑去看。果然，一地橙红的落花，很是壮观。身边不时有“啪嗒”的落花声，但听到声音时花已然躺在地上了。拍视频的人不知守候了多久，才得到那个花半空旋转而下的珍贵镜头。回来看到红霞发朋友圈说，一群大爷大妈为了拍落花，先是把捡来的一篮子落花往天上抛，发现效果不理想，索性派人爬到楼上，从阳台上把花往下倒。哈，论会玩，还得是大爷大妈们。

有人则热衷于捡拾木棉落花回来食用。看到路边的石头上摆放着整齐的木棉花，便知有人在晒花，这花有主。

花落尽，果实就长出来了。到5月，果实陆续炸开，满树挂着白色的棉絮。这时美丽异木棉的果实也爆裂了，黄花风铃木灰不溜秋的蒴果里也隐约露出一点棉絮，它们合起伙来，开始满城飘飞。

完美而疯狂

广州的春天，怎么能没有郁金香的身影呢？海珠湿地、云台花园，这两个地方通常会有郁金香的花讯，我往往也会闻讯而去。

郁金香按照颜色分类摆放，黄的归一堆，红的归一堆，白的归一堆，倒也整齐划一。偶尔看到有点花色，或者姿态婀娜一点，就很惊喜。美国波士顿公共花园一小片一小片的郁金香色彩稍微丰富一点，乡村人家房前小花园冒出的一两株，也是很精致可爱。看图片，郁金香简直穷尽了这世界上所有的颜色，色彩搭配也远超出了人们的想象，现实中，我还没见到过这样多颜色的“魔幻之花”。去过荷兰，但那是冬天，只在阿姆斯特丹待了一天一夜，目标是凡·高博物馆。

是的，说到郁金香，确实会首先想到荷兰，它是荷兰的国花。当郁金香给大地铺上华丽的地毯时，就是世界上最美的春天了。凡·高也画过郁金香的，《荷兰的花圃》画的就是著名的库肯霍夫郁金香花海。很多年后，这个超级花园把一种红棕色、带着优雅流苏和香味，在阳光下像一团燃烧的火的郁金香品种，以凡·高的名字命名。莫奈、毕加索、马蒂斯等许多艺术大师也画过郁金香。旅美日籍插画师清水裕子画于2012年的《荷兰自行车》，简直太疯狂了：一位男子骑着自行车，前面车篮里巨大的郁金香仿佛被风猛烈地吹着倒向男子，男子的脑袋被淹没在花叶之中；车尾则放着一个篮子，里面装着一丛小小的安静的郁金香，一群蝴蝶在追赶着这丛花。画面动静结合，大小对比强烈，很夸张地把荷兰的自行车和郁金香这两大元素表达出来，让人过目不忘。

荷兰画家米歇尔·范·米尔维特画于1609年的油画《手持郁金香的夫妻双人肖像》，体现了当时郁金香的价值。画中，丈夫左手拿着一朵郁金香，右手拿着一只郁金香球茎当作结婚礼物送给妻子。郁金香花朵花瓣上有红白相间的纹路，这就是当时的珍稀品种“永远的奥古斯都”。

郁金香原产于中东，16世纪传入欧洲。在英国女王伊丽莎白的御花园内，郁金香被尊为皇苑之花。而后又在法国成为社会名流的身份象征，在香榭丽舍大街，巴黎女子手持郁金香成为一道时髦的风景线。1593年郁金香传入荷兰，同样成为贵族名流的新宠。17世纪，出现了“郁金香热”，米尔维特画中的“永远的奥古斯都”受到追捧，那样的一株珍稀品种可以卖到6000荷兰盾以上，甚至能换一套阿姆斯特丹运河边的顶级豪宅。

而这种以罗马皇帝奥古斯都命名的被视为“花中帝王”的郁金

郁金香

香，其实是蚜虫带来的一种病毒感染所致。这种病毒会以美丽的方式杀死球茎，花瓣却迎来了一场炽烈的羽化。当时的人们对这种病态的色彩趋之若鹜，价格高得不同寻常。人们被暴利冲昏了头脑，有的还变卖家产，只是为了购买一株花纹美丽的郁金香。然而这一场癫狂投机几乎是一夜崩盘，导致了历史上著名的“郁金香泡沫”。这也是人类历史上第一次有记载的金融泡沫。

经历这一场危机后，荷兰人回归到理性认知和真诚热爱，花农们精心培育了许多独特珍贵的品种，郁金香成了荷兰遍地种植的花卉，成就了现如今最美的春天花田之一。

19世纪末我国就引进了欧洲的郁金香，但真正流行开来，还是20世纪90年代，很多城市在草坪、水边种植大片的郁金香，形状各异，颜色纷繁。19世纪法国作家大仲马在小说里描写的“艳丽得叫人睁不开眼睛，完美得让人透不过气来”的黑郁金香，在2005年由新加坡理工学院三名学生自行培育出来了，这种靛青色花朵，被称为“夜皇后”，靛青色是自然界中最接近黑色的颜色了。

希望有一天能去看看凡·高画过的那片五彩斑斓的花田，看看那种名字叫凡·高的郁金香，以及大仲马描写的那朵艳丽完美的“夜皇后”。

无风自舞美人草

虞美人，是一种花的名，也是一个词牌名。

“霸王别姬”的典故大家耳熟能详。项羽垓下被围，英雄末路慷慨悲歌：“力拔山兮气盖世，时不利兮骓不逝。骓不逝兮可奈何？虞兮虞兮奈若何？”虞姬含泪唱和起舞：“大王意气尽，贱妾何聊生。”歌罢拔剑自刎。后来，虞姬的墓上长出一种草，开出了娇艳的花朵，人们便称为“虞美人草”，把一位既柔弱又坚强、既深情又洒脱的侠骨柔肠的女子形象，投射到这种美丽的花朵身上，可谓“几枝亡国恨，千载美人魂”（清吴嘉纪《虞美人花》）。

唐朝时为了纪念虞姬，创造了《虞美人》教坊曲目，后来成为词牌。南唐后主李煜的《虞美人》中“问君能有几多愁，恰似一江春水向东流”，表达了自己和楚霸王一样的亡国之痛。周伟励在他的《前世今生话词牌——唐宋词演义》一书中说："我们所有关于《虞美人》的种种感受与记忆，差不多都来自李后主'春花秋月何时了'的悲愤与怆痛。"

虞美人原产欧洲，依据唐宋诗人的诗句，推断最早晚唐才引进栽培，在此之前，古人并无缘见到这种植物。《虞美人》成为词牌后，也没有写过这种植物。如果说虞美人与"霸王别姬"的勾连更多具有传说附会的成分，那么，欧洲佛兰德斯红罂粟的故事却是真实的。

虞美人最初在欧洲多见于原野田地，是"芜生蔓长的草""染了枝枯病的玫瑰"。又因为红色的虞美人和罂粟花长得很像，所以在欧洲又叫田野罂粟、佛兰德斯红罂粟、红杂草等。凡·高和莫奈画的虞美人，都是鲜红色的。凡·高的虞美人就像生命在燃烧，莫奈的虞美人则浪漫温馨，体现出田园生活的宁静安详。

虞美人有着顽强的生命力，象征经历战争洗礼的生命。"一战"的时候，在比利时佛兰德斯战场上，加拿大军医约翰·麦克雷中校目睹自己好友的死亡，看到战场上血红色的虞美人在风中摇曳，写下了《在佛兰德斯战场》一诗：

在佛兰德斯战场，罂粟花随风飘荡
一行又一行，绽放在死者的十字架旁
那是我们的疆域。而天空
云雀依然在勇敢地歌唱，展翅
歌声湮没在连天的烽火里
此刻，我们已经罹难。倏忽之前，
我们还一起生活着，感受晨曦，仰望落日

我们爱过，一如我们曾被爱过。而今，我们长眠

在佛兰德斯战场

……

诗中的罂粟花，就是佛兰德斯红罂粟。此后，美国大学教授迈克尔发起“虞美人运动”，虞美人成为欧美国家对阵亡将士的纪念符号。花朵也寄托着人们反对战争、向往和平的情感。人心需要植物来抚慰。

我之前在海珠湿地和云台花园看过虞美人，但步履匆忙。直到去年海心沙宏城公园种上一大片后，才有机会仔细端详。虞美人花色繁多，鲜红、紫红、纯白、橘红、橘粉、黄色，各种颜色混在一起，极好看。一茎一花，枝条纤细，弯曲有致，花骨朵总是羞涩低垂，绽放的却如仙子般傲立枝头。四枚花瓣，薄如绢绸，带着褶皱而轻盈透亮。色彩艳丽却不俗气，妩媚优雅，无风自摇。花瓣即使凋谢，姿势仍然优美无比。

虞美人的顶花也被人形容为一只向天空敞开口的杯子，盛满了阳光；逆光中的花瓣光影曼妙，花茎上的绒毛纤毫毕现，美得令人不忍离去。即使没有任何传说和典故，单单这花的样子，就极讨人喜欢了。

装着种子的腔囊的开口在顶端，种子成熟了，花就压弯支撑着它的花茎，风吹过，就会摇摆起来，里面的种子随着摇摆一点一点地被抛撒到远处。真是聪明！

虞美人还有别名丽春花、百般娇、赛牡丹，这看似弱不禁风的样子，竟能“赛”雍容华贵的百花之王，可见花不可貌相啊。

赏花时，总会听到有人低语：这不是罂粟花吗？有人问我虞美人与罂粟花的区别，我总是简单粗暴地回复：虞美人花茎上有毛，罂粟花没有。况且，谁敢把“恶之花”种在城市的客厅里呢？所以我们在都市里见到的，当然都是虞美人。

国色天香绝世姿

多年前，终于在洛阳看到了“真国色”的牡丹。牡丹过于雍容华贵，尤其是有那么多画作，看腻了，但见到真花，还是惊艳于花的富丽堂皇。用唐舒元舆的《牡丹赋》来形容：“其大盈尺，其香满室。叶如翠羽，拥抱栉比。蕊如金屑，妆饰淑质。”至于后面的“玫瑰羞死，芍药自失……”，将众多花卉踩一遍，以突出牡丹的“脱落群类，独占春日”，倒大可不必。

牡丹原产我国北部，先前也是不入流的乡野之花，它的别名有鼠姑、鹿韭、百雨金、木芍药等。不管是传说中因为不肯奉旨开花，被武则天怒贬洛阳，还是说武则天从老家带到洛阳皇室宫苑，总之到唐代牡丹才名声大噪。白居易有诗曰“花开花落二十日，一城之人皆若狂”，写出了赏花人的如痴如醉；名贵品种更是“数十千钱买一窠”。

当时的洛阳人认为牡丹才能称花，其余都不能称花。

周瘦鹃写过一个“反映官僚地主阶级极尽奢侈腐化”的赏花故事：宋代张功甫，于牡丹开放时邀好友举行牡丹会。宾客齐集后，吩咐卷帘，立时有异香自内发出，一座皆香。有白衣美人十位，所有首饰衣领全是牡丹，歌罢乐作，才退下去。随后帘又下垂，不久香又发出，重又卷帘，另有十姬换了衣服和牡丹款步而至，饮酒十杯，衣服和牡丹也更换十次。酒阑席散，宾客们好像登仙一样。

清陈淏《花镜》里说八月十五是牡丹的生日，“若遇风日晴和，花忽盘旋翔舞，香馥异常，此乃花神至也”。虽是传说，但八月十五牡丹也不开花呀。

欧洲人最早从中国进口的丝绸、瓷器上的装饰图了解牡丹花。1786年前后，英国皇家植物园邱园的主人约瑟夫·班克斯看到相关报道后，让英国东印度公司的外科医生亚历山大·杜肯在广州帮忙收集牡丹，第二年送到邱园，两年后开出了一株重瓣“粉球”牡丹。这是最早进入欧洲的中国牡丹花。

* 红牡丹

我国江南、北方的牡丹在谷雨节气开得最盛，因而得名“谷雨花”，是唯一以节气命名的花。华南植物园的牡丹通常在春节期间开放。去年我在老家过完年，回到广州就立马赶去植物园。八千余株牡丹及芍药有60多个品种，涵盖红、粉、紫、白、黄、蓝、黑、绿、复色九大色系八大花型，但我最喜欢白牡丹，单瓣，花大如碗。

广州人能在家门口欣赏到这百花之王，有赖于花农和科学家们的通力合作，他们日益完善的反季催花技术，使花城十年来都在春节成功举办了牡丹花展。今年4月还多了一个自然花期的牡丹展，花来自河南洛阳和山东菏泽。

有一年春天，我们邀请作家梁衡老师来广州做活动，与他同游黄花岗和陈家祠，看到竹子和各种树，梁衡老师都要跟它们合影。我笑道：“老师原来是树的粉丝啊！”他呵呵一笑，算是默认了。

又一次他到广州讲课，相聚时他赠了我一首诗：“莫要强做花木兰，留点青山养红颜。春色横竖都好看，秋后谁人说牡丹。”他知道我曾经拖着一个装着笔记本电脑和书稿的箱子，两天跑三个城市，估计“拼命三郎”的面目令他印象深刻，故有此赠诗。他说这首诗其实是赠给所有拼命工作的女记者、女编辑的。我很惭愧，决心稍稍放慢点脚步，好好欣赏一下沿途的风景。

第二天活动结束后，我打电话给梁衡老师，问他要不要出去转转。他说：“不了，还是休息吧。留点青山养红颜！”我听后大笑。

在我拈花惹草的时候，梁衡老师已经在全国各地寻觅千年古树，创作他的《树梢上的中国》了。

＊黄牡丹

念庭前红药，年年知为你生

以前一直以为“三月三”是少数民族的节日，后来知道清明节还吸收了另外一个较早出现的节日——上巳节的内容。上巳节是我国民间传统节日，自汉代起三月上巳日就被确立为官方节日，后来逐渐固定为三月初三，成为人们寄放情感和享受春光的踏青、祓禊的节日。

《论语》“暮春者，春服既成，冠者五六人，童子六七人，浴乎沂，风乎舞雩，咏而归”，写的便是上巳节的风俗。曲水流觞，成就了“天下第一行书”《兰亭集序》的“兰亭会”也发生在上巳节。唐杜甫有“三月三日天气新，长安水边多丽人”的诗句，宋欧阳修也在一首词中写道：“清明上巳西湖好，满目繁华。争道谁家。绿柳朱轮走钿车。游人日暮相将去，醒醉喧哗。路转堤斜。直到城头总是花。”

这一天，人们穿上春装，倾城而出，到水边祭祀，用兰草沐浴；或去郊野陌上宴饮行乐，祓除不祥，祈求福祉。

青年男女更是可以借此约会。《国风·溱洧》就记录下了三千年前的爱情故事：

溱与洧，方涣涣兮。士与女，方秉蕑兮。女曰：“观乎？”士曰：“既且。”“且往观乎！”洧之外，洵訏且乐。……维士与女，伊其相谑，赠之以勺药。

士与女在这天踏青幽会，山野间，他们的私语与笑声随风飘荡。在离别之际，互赠了芍药。这才是中国最古老的情人节，芍药才是爱情花。

芍药俗名红药、将离等，花期比牡丹晚一点，然而它的栽培历史比牡丹更为长远，牡丹还叫过“木芍药”呢。芍药是草本，牡丹是木本，芍药的花叶均比牡丹略小。但芍药的旖旎多姿丝毫不逊色于牡丹。相较牡丹，我更喜欢芍药的柔和妩媚。

芍药

芍药暮春时节悄然登场，被唐宋诗人称为“婪尾春”。“婪尾”是酒桌上的词，指贪婪到最后那一杯。开于春末的芍药花，就被比喻为“春天最后的一杯美酒”。由这杯“美酒”，自然令人想起《红楼梦》中的“憨湘云醉眠芍药裀”一回。史湘云在寿宴上被罚多了酒，醉卧于山石僻处一个石凳子上，香梦沉酣，四面芍药花飞了一身，满头脸衣襟上皆是红香散乱，手中的扇子落在地下，也半被落花埋了。

广州的气候并不适合种芍药花，所以在广州除了春节期间与牡丹一起展出的芍药，其他地方鲜见。但现在网购方便了，很容易买到，所以芍药花落我是亲眼见过的。有一次同事拿来几朵粉色芍药让我画，一忙就顾不上，结果那些花瓣簌簌而落，用“飞”来形容最恰当不过了。这让对落花有变态钟爱的我都有点惊慌失措了，赶紧让同事拿走。同事拿走时，那花瓣还“飞”了一路。

4月，我就跟小红同学说，待你家芍药开了，记得拍点照片过来，连枝带叶的，因为要画芍药了。我曾网购了几枝准备写生，周末外出回家，进门就看到那两枝的花瓣已经落了一半到茶几上；放在办公室里的，花瓣也是成团成团地掉。奇怪的是，为什么每次买了花回来都很忙呢，责任在自己，拖延症，没治了。

小红说：“还要再耐心等待花骨朵。因为老天爷变脸，4月飘雪，花骨朵吓回去了。”然后发了一些玉兰、风信子和密苏里州立植物园的郁金香照片过来。花骨朵冒出来了。花半开了。花全开了。小红就很认真地隔几天发一批照片过来，说：“我尽量三百六十度无死角一通猛拍，这样你多点选择。”

我们2016年去参加老虫子的大学毕业典礼，就住在小红家。到的第一天，她家庭前芍药全是花骨朵，几天以后开始陆续绽放。她带我们到密苏里州立植物园看花，园里盛放的芍药也是绰约得不可方物。

我们到来之前，小红为迎接我们，钻进庭院花丛里想剪几枝玫瑰和几朵芍药，放在我们住的房间里，结果针织外套和头发被玫瑰花刺钩住了，折腾了好半天，脱掉外套，才得以脱身，很是狼狈。这糗事，听得我们又好笑又感动。

我们离开她家时，庭前芍药已灼灼。芍药的花语是“依依不舍”“将离”。相遇的日子总是美好而又短暂的。

念庭前红药，年年知为你生。

合是山中寂寞开

白居易有首诗写杜鹃花："闲折两枝持在手，细看不似人间有。花中此物似西施，芙蓉芍药皆嫫母。"对杜鹃花评价如此之高，自古至今恐怕没谁了吧。

小时候看过无数遍电影《闪闪的红星》，里面的主题歌很好听，歌词里的映山红就是杜鹃花的一种。我在老家读书那年，春天映山红开的时候，与小伙伴上山玩，小伙伴们会把花瓣摘来吃，我不记得自己有没有吃过。玩够了，摘一大捧鲜红的花回家，拿个能装水的瓦罐插好，摆放在家徒四壁的房间里，苍白的日子就有那么几天泛着红晕。

那漫山遍野的花，叫映山红最合适了，叫其他名字都没有那种烂烂漫漫的感觉。很多年以后，我编辑了那本《闪闪的红星》的书，还蛮畅销。这算不算一种草蛇灰线？

20世纪80年代初读大学时，拍的照片还是黑白的。快毕业了，种在图书馆周围的杜鹃花也开放了，于是四年都睡我上铺的吴洁借来一台相机，拉我在花丛中拍了几张照片。我人生中第一批彩色照片，就是与杜鹃花的合影，花灿烂，笑也灿烂。

杜鹃花是起源于白垩纪时期的古老植物。我国杜鹃花是从横断山脉沿着长江向东南传播的，现在云南、贵州、四川还有野生的高山杜鹃。广州杜鹃随处可见，植物园、公园、街边，或种一大片，或间隔着种上几棵，或做成盆景。花型单瓣居多，色彩则有明黄紫红浅粉玉白，鲜艳如锦。我不喜欢盆景，觉得杜鹃花“合是山中寂寞开”。

一年春末在河源的大山里见到野生杜鹃花，稀稀落落地出现在山坡，虽不灿如云霞，却也别有风姿。春四月爬黄山，黄山的杜鹃花大部分还打着骨朵，偶遇一两棵欲开未开的，得以一睹那红白相间的容颜。黄山杜鹃为我国特有品种，安徽省重点保护植物。

在老虫子住的波士顿郊外小镇，以及哈佛大学商学院，我第一次看到一团团如小绣球般的重瓣杜鹃花，粉红粉白，密密匝匝开爆在枝头，把村屋、校园烘托得春意盎然。

喜欢杜鹃花的白居易，有“杜鹃花落子规啼”之句。杜鹃是花名，也是鸟名，也有一说是花随鸟名。花与鸟因一段传说联系在一起。杜

杜鹃花

鹃鸟有别名杜宇、子规、谢豹。传说蜀王杜宇称帝，号望帝，望帝亡后化为杜鹃鸟，春天悲鸣。因为杜鹃花在三月杜鹃鸟啼时开放，故名；又因为鸟口腔和舌部红色，民间就附会说杜鹃花是由杜鹃鸟啼出的血染红的。这就是成语“子规啼血”的由来。历代诗人词客也依此演绎，如五代南唐成彦雄有诗：“杜鹃花与鸟，怨艳两何赊。疑是口中血，滴成枝上花。”因有啼血之哀，亦可寄倦旅之愁，如宋杨巽斋：“鲜红滴滴映霞明，尽是冤禽血染成。羁客有家归未得，对花无语两含情。”

杜宇化身为鸟，有哀怨凄凉的色彩。但我看过一个视频，杜鹃鸟其实鸡贼得很，它会偷偷把蛋产在别的鸟的巢中，让别的鸟替它孵化，还会聪明地把别的鸟蛋推出巢。而刚孵出来的杜鹃幼雏也不是省油的灯，会把其他幼鸟推出巢，自己独吃独占，可见基因里就带着恶。这就是“鸠占鹊巢”的典故。叶灵凤《杜鹃鸟的疑案》还说：“杜鹃鸟飞翔的时候，喜欢模拟鹰隼的姿态，用来恐吓其他小鸟。”我对这智商超群的鸟从此少了一分好感。

但杜鹃毕竟是益鸟，田家候之，以兴农事。它的啼声是“不如归去”，我没听到过，但确实令人想起故乡来。不如归去，看看荒山野岭的映山红。这花归于山，方有野趣。然而故乡的亲人告诉我，曾经漫山遍野的映山红，早就消失了。

近些年来流行养干枝杜鹃。这其实是野生兴安杜鹃，所有的枝条只是休眠，枝条插在水里后，只要温度合适，就能开出花来。野生杜鹃一年最多长10厘米，这些被粗暴地折下来的几十厘米的枝条，至少已有二三十年的树龄。杜鹃在自然中从播种到开花，需要五六年。没有买卖就没有伤害，大家不要买干枝杜鹃。

还是那句话，杜鹃“合是山中寂寞开”。

* 杜鹃花

去看一棵孤独的蓝花楹

虽然看了那么多花，仍然拦不住蓝花楹成为春天的一个执念。

前年春天莎莎、晓霞跟一个摄影团去云南拍蓝花楹，那段时间我正好要去徽州晃荡，错过了。去年先是看到波波姐在朋友圈问：“孤独的一棵蓝花楹。谁知道哪里有成行成片的蓝花楹啊？”我就回道：“昆明。”她说：“还澳大利亚呢。”我继续补充：“洛杉矶也有。”她说：“南加州那边很多，有很梦幻的一条条街道。”又说，“听说番禺某公园准备种500多棵，但是公园好像还在建设中。”

2016年5月我在洛杉矶第一次见到蓝花楹。那蓝色与天空以及建筑玻璃外墙反射的影像融合在一起，如梦如幻，美得难以忘怀。

蓝花楹，广州种的真不多。物以稀为贵，蓝色的花，种成多大一片，也不会使人反感的。不像被刷屏的黄花风铃木，因为高饱和度，因为情感的温度，毁誉参半。冬冬称之为没有层次感的“傻花”。有一次，我看到樊林晒她的苹果树，就问如何才能拥有一棵自己的树，冬冬说去她家种一棵就可以了。我本来想说那我去种一棵黄花风铃木吧，但想到冬冬百分之二百要跟我绝交，从此再也吃不到她的红油抄手，损失太大，便不说了。

听说二沙岛有蓝花楹，找一个晴日的下午，就寻去了。结果没寻着，意外碰见几棵开疯掉的仪花。仪花苞片白色，花瓣紫色或紫红色，洁白的苞片与紫红的花瓣交相辉映，格外清雅优美。遗憾的是，那天带的相机里，忘记塞入电池了，只能望花兴叹。好在也没寻到蓝花楹，否则……这样一想，觉得损失也不算太大了。

翌日与心宇、吴洁、冬冬几个约去海珠湿地，我主要的目标是看蓝花楹。

◦蓝花楹

因为刚学会用约车软件，定位错了，司机绕了很大一圈。在车上，吴洁就说看这天要下雨，我和心宇不约而同地看手机的天气预报，没雨，还有半个太阳露着脸，便齐声说不会。

终于到了，一下车，大雨劈头盖脸地砸下来。在保安岗那小小的四方挡雨棚下等了半天，雨没有停的意思。心宇说那么大雨，真是湿地了，也没法行走啊。

吴洁不甘心，她好不容易才愿意跟我们逛一下公园，说再等一下吧。

但雨实在太大，冬冬说不如到家里吃红油抄手。大家兴致顿时高昂起来，兴冲冲叫了车直奔她家。只是，蓝花楹又看不着了。

“五一”假期也是雨，到第四天，终于晴了。我用纸板和复印纸胡乱画了几个美人儿，想学着人家也让她们“穿”上几身春天的花衣裳，便与先生去了植物园。其实我是奔着蓝花楹去的。再不看，春天就要结束了。

植物园自然有很多奇葩在开放。给画的美人儿“穿”了好多身“花衣裳”，旁边有人看到，觉得很有意思。只是画得粗糙了些，纸板也皱巴巴的，复印纸更是薄到被风吹飞。

边玩边走，终于找到了蓝花楹。园里好像也就这么一棵。太高了，花看不真切。不过心里舒坦了，感觉看了这棵孤独的蓝花楹，终于可以安心地跟春天道别了。

后来，吴洁约我和心宇到珠江公园走走。那里也有蓝花楹的，便贼心不死，想寻找一下。走到荷花木兰树下时，一位老者走过来问我们知道蓝花楹在哪里吗。他说他看电视上说这里有，今天专门寻来了。看来蓝花楹不是我一个人的执念。可我们也不知道在哪里。又走了一段路，吴洁指着远处说：“看到了，那边蓝色的花。”走近看，还真是，只剩稀稀拉拉的几枝花了。确实有蓝花楹的，媒体没骗人，只是花期已过。不知道那位老者看到这几棵树没有。

我和心宇站在树下仰头拍照，吴洁说想起那年冬天她跟我们去梅花村看梅花，结果只剩一两朵，她高高地举着手机拍照的情形。

杨咩咩看到我写寻找蓝花楹的故事，留言道：梅耶·马斯克著《人生由我》，写到她喜欢冒险的父母从加拿大自驾飞机迁往南非。“当我们从比勒陀利亚的上空飞过时，正值蓝花楹的花期，整个城市都被这种美丽的花朵覆盖。父亲从来没有见过如此美丽的景象，他说：‘我们就待在这里吧’”。

简直是电影的情节啊。

楝花飘砌，蔌蔌清香细

谷雨，春天最后一个节气。古人总结的花信风：“始梅花，终楝花。”就是说，楝花开罢，花事已了，所以楝花又被称为“晚客”。它是来为春天画上句号的。

在老家念书那一年，谷雨时节跟着伯嬢与堂哥下田插秧，隔两分钟就要把脚拔出来看看，一旦看见脚踝或脚背上粘着蚂蟥，就跳到田埂上拼命甩脚并发出杀猪般的嚎叫，惊天动地，把在附近干活的村民吓一大跳。等弄清状况，他们说：“唉，人家被老虎追都没叫得那么大声。”

学校旁边有一条小溪，溪水清澈见底，村里人叫水圳，人们在这里挑水洗衣洗菜。水圳也有蚂蟥，阳光照进水里，它们身上的斑纹清晰可见，闪闪发光。水圳旁边有两棵树，一棵是樟树，一棵是苦楝树。苦楝树冬天吊着枯黄的苦楝子，疏疏落落，一副愁苦相。春天到了，就开出一树紫蓬蓬的小花。

男同学从樟树上抓来一条色彩斑斓的毛毛虫，塞在某个女生的脖子里，随着女生的尖叫声，我起了一身鸡皮疙瘩。这是我迄今为止看见过的最漂亮又最恶心的毛毛虫了。我害怕一切没有骨头不带硬壳或翅膀的虫子，不管有毛没毛。从此想到水圳旁那棵樟树，连带着那棵苦楝树，就毛发直立。

及至后来看到宋王安石“小雨轻风落楝花，细红如雪点平沙”、杨万里“只怪南风吹紫雪，不知屋角楝花飞”等写楝花的诗句，且楝花还在“二十四番花信风”中，简直不敢相信自己的眼睛：这么诗意的楝花，是指乡野里那让我做噩梦的树开出的花吗？

确实是的。楝，又叫苦楝树，我国传统的乡土植物，原产黄河以南各省区，生长于旷野、路旁或山林中。楝树上开的花，就是楝花。

◦楝花

* 苦楝树

在广州住了那么多年，几乎没看到过楝花。直到几年前在海珠湿地，看到了一两棵，种在还没开发的二期，也是在水沟边的荒地，与乡下情景无异。有一天黄昏去散步，走到广州大道中一所中学的门前，抬头看那些鲜红的火焰花时，突然发现旁边紫蒙蒙的一片，一看，是一棵有年头的苦楝树，正开着花。也是种在屋角，骤然觉得亲切起来。也许是年岁渐老的缘故吧，怀念的童年和故乡加了一层滤镜，没有贫穷，也没有害怕，珍惜起了生命中流逝的一切。就像古人看到楝花，就惊觉春光已老，生出如元朱希晦“门前桃李都飞尽，又见春光到楝花”，明末清初柳如是“陌上花开花信稀，楝花风暖飏罗衣”等的惜春词句。

去年清明节回老家，父亲说想去看看袁崇焕曾经生活过的新马村，于是小弟就开车带着我们一路颠簸前往。到了那个三面环水的秀气小村子，发现有好多棵苦楝树，花正在开放，江风吹着，不时有细碎的花瓣飘落。

宋谢逸有“楝花飘砌。蔌蔌清香细”句。童年那棵楝花我不记得有没有香味了，后来见到的可能因为树太高，我也没闻到，花亦看不真切。当我想画楝花的时候，只能从网上找一些图片参考。放大了看，花五瓣，狭长，蓝紫色或紫红色至白色；雄蕊管深紫色，花药黄色。单朵花看平平无奇，但小花同时绽放，密密麻麻，梦幻一般。在那些姹紫嫣红的春花中，这紫色调是独树一格的存在。

今年春天，小弟带我去广西鹿寨寻油桐花，没寻着油桐花，但一路上见到了很多苦楝树，这可能是我迄今为止看到最多的一次了。如果不注意，根本看不到树上开着一小团一小团的紫花。

旷野山林里开着花的苦楝树，不仅寂然静美，还很有用。花能提取芳香油；树干是制作家具、农具、乐器等的良材，所以清屈大均《广东新语》曰：“村落间凡生女必多植之，以为嫁时器物。”果实又名金铃子，生时鸟雀喜食之，熟时鸟不食，小孩子也知道有毒，但可加工成油漆、肥皂等产品。花、叶、果实、根皮均可入药。

传说极苦的苦楝子是凤凰和獬豸的食物，水底的蛟龙却怕它。所以民间在端午祭祀屈原时，会在粽子上缠绑五色丝和楝叶，以免被蛟龙吃掉。五月五人们也会佩戴楝叶辟邪。

这棵深植在童年的树，要很久以后，我才慢慢地了解它，并喜欢上它。

夏

水晶帘动微风起，满架蔷薇一院香

五月的蔷薇

看蔷薇，最好是在野外，其次是在乡村，要有花架或一堵墙，蔷薇就这么垂吊下来。明李时珍说：“此草蔓柔靡，依墙援而生，故名墙蘼。”后墙蘼转作墙薇，又写作蔷薇。

我在我的大学校园和江西婺源篁岭见过一墙蔷薇，很多花朵由柔枝垂挂着，不摇香已乱，无风花自飞。海珠湖公园曾经放置过一些大型“鸟笼”，上面就缠绕着一丛丛红色、粉色的蔷薇；现在那里有一个叫“蔷薇水廊”的景点，希望多种点蔷薇，让景点名副其实。花城广场、云台花园和流花湖公园那片一年四季花开的玫瑰园里应该也有蔷薇，但我从没认真去分辨过，因为光是月季那些令人眼花缭乱的花色和名字，就已经让人晕掉了。

在华南植物园，我还见过粉色的“七姐妹”和白色的单瓣野蔷薇。野蔷薇让我想起故乡那种叫金樱子的花，在荒山野岭，一片白色花亮得耀眼。金樱子其实也是蔷薇科蔷薇属一个古老野生种，是用作杂交现代月季的亲本之一。它秋天结橘红色的果实，果皮带毛刺，长得像酒壶，我们乡下叫它“酒樽子”。虽然吃起来麻烦，但味道甜腻，实在是喜欢，碰到准会摘来吃。古时候乡间妇女也喜欢用金樱子的花簪发。

金樱子和白色野蔷薇都是五个花瓣，都有黄色花药和花蕊，但金樱子的花大，野蔷薇花小；金樱子花瓣较平整圆润，野蔷薇花瓣略瘦长且有小缺口。野蔷薇一般也是长在野外，所以被称为“野客”。今年初夏又去植物园拜访“野客”，结果不知道它“野”哪儿去了，无影无踪。

蔷薇古时候又名刺红、山棘、买笑。据成书于元代的《贾氏说林》记载：汉武帝与妃子丽娟在园中看花，蔷薇初开，态若含笑。武帝说：“此花绝胜佳人笑也。”丽娟戏问：“笑可买乎？”帝曰可。丽娟遂取黄金百斤，作买笑钱。“买笑”之名由此而来。梁朝《寰宇记》记载梁元帝种了很多蔷薇，有十间花屋，枝叶交映，芬芳袭人。可见蔷薇汉代已有栽培。

蔷薇在欧洲倒是古已有之。荷马史诗里赞颂过的玫瑰，希腊女诗人萨福推崇的“花中之王”，传说中“埃及艳后”克丽奥佩特拉房间中摆满了玫瑰花，以及她曾经让人在罗马首领安东尼走来的路上撒满玫瑰花瓣；罗马皇帝埃拉加巴卢斯是一个昏君，他举办宫廷宴会时让人从天花板上撒下很多玫瑰花瓣，宾客们被埋在花瓣中，有人因窒息而身亡，上述的玫瑰指的应该都是蔷薇。18 世纪中国月季引入欧洲后，与当地的古老蔷薇杂交，逐渐形成了现代月季，这

才是我们日常通称的玫瑰。

看过一幅名画《奥菲利亚》，是英国拉斐尔前派画家约翰·埃弗雷特·米莱 1851—1852 年画的。奥菲利亚是莎士比亚《哈姆雷特》剧中的人物，她的死在西方文学史上被誉为“最具诗意的死亡描写”。米莱对奥菲利亚最后一刻的描绘充满了花的象征，河水上方有野蔷薇和古老的柳树，依据花语，蔷薇代表着美与爱，而柳树则意为被抛弃的爱。年轻的奥菲利亚怀抱着花朵，像美人鱼似的漂浮在水面上，一朵蔷薇飘落在她的裙边。她哥哥对她的描述是“五月的蔷薇”，即还未绽放的花。

米莱请他朋友的女朋友利兹·西德尔来做模特。他在浴缸里装满了水，让 19 岁的西德尔躺进去。当时是冬天，他在浴缸下点上油灯（也有说是蜡烛），以保持水温。可是画家太专注了，以致油灯（蜡烛）

熄灭了也没发现，西德尔在冰冷的水里躺了几个小时。据说西德尔因此落下病根，早早就去世了。如果这事是真的，西德尔那么年轻，也是“五月的蔷薇”啊。这巧合，真叫人唏嘘！

我喜欢蔷薇甚于花色繁多的月季，觉得它更秀美精致，香气馥郁，花团锦簇，楚楚动人。也可能是被英国诗人西格夫里·萨松那句“心有猛虎，细嗅蔷薇”所打动。蔷薇，就是人心底里最柔软的存在。可惜，广州很少有“满架蔷薇一院香”的景象。

同是蔷薇属的木香，在广州也没见过，据说温度太高了，不适宜种。去年春天在安徽宏村一户人家的门前看到白色的木香花，几根枝条上长着小巧可爱的花朵，当时激动得光顾着跟它合影，忘记单独拍花了。后来在碧山村又看到黄色的木香花，就赶紧把花拍了下来。

木香花

徘徊花下几徘徊

蔷薇属植物很多，单蔷薇与玫瑰、月季如何区分，就让人挠破脑袋了。西方人将它们都叫作“*rose*”，日本人则统称为蔷薇。

蔷薇是蔓生，需攀附花架或墙，花小而量大，多为白色、粉色、黄色，比较好认。

“玫瑰”最初指红色的宝石，唐代中期才明确用“玫瑰”指花木。玫瑰香气浓郁，使赏花者依依不舍、徘徊观之，故古时也称“徘徊花”，清赵怀玉《浣溪沙 · 玫瑰花》有“璚作肌肤麝作胎。徘徊花下几徘徊”句。真正的玫瑰品种不多，紫红色或白色，是经济作物，用来制作纯露、精油、花茶以及各种玫瑰味的食物，如云南的鲜花饼，馅料就是一种叫“滇红”的食用玫瑰和近几年从法国引进的“墨红”（“墨红”其实是月季）。玫瑰花型普通，层次简单，很少出现在花店里。花店里千姿百态的玫瑰，都是现代月季。

月季的故乡在中国，18世纪传入欧洲后，经过培育杂交，现在月季品种已经有一万多个。我去过流花湖公园的法兰克福花园，花园建于1996年，是法兰克福市送给广州市建城2210年的礼物。花园以玫瑰花为主题，其中大部分是由德国运抵广州的“法兰克福玫瑰”。这里的“玫瑰”，其实就是月季，有大花月季、微型月季、藤本月季以及珍贵的树桩月季，姹紫嫣红，美不胜收。

传说拿破仑的妻子约瑟芬皇后特别喜爱月季，建了一个专门种植月季的马尔梅森花园。各国外交使节和园艺师为她四处搜罗名贵品种。一位英国人在中国找到四种名贵品种：月月红、月月粉、晕彩香水月季和淡黄香水月季，从广州出发，运往法国。当时英法两国正在交战，英国人得知有一艘运载中国月季花的轮船要通过英吉利海峡时，便通知法国并建议暂时休战，还专门派人护送该轮船渡过海峡。这四株中国母本月季运到欧洲后，与欧洲蔷薇杂交，培育出更多色香俱佳且花期长的月季。

＊蔷薇

◦月季

约瑟芬皇后还请著名的植物画家雷杜德为她的月季绘制彩图。雷杜德花了20年画出的《玫瑰圣经》，里面收录了169个品种，大部分来自马尔梅森花园，被称为“世界上最伟大的玫瑰图谱”。再配上法国园艺家格劳德－安托万·托利撰写的介绍文字，使这本书在艺术和学术上成为后世不可逾越的巅峰。这里说的“玫瑰”，其实包括了今天大家已区分清楚了的蔷薇、玫瑰和月季。

“野兽派”的马蒂斯说：“对于一位真正富有创造力的画家，没有什么比画月季更难，因为他必须首先忘记所有前人所画的月季。”

与凡·高同时代的美国画家萨金特，被誉为“肖像界的天花板”。1883年萨金特画了描绘上流社会美国女性风姿的《X夫人》，招致保守人士的批评，因为夫人衣服的右肩带是滑落下来的。此后他离开巴黎长居英国，在这期间画了《康乃馨，百合，百合，月季》，画中，花的形状历历可辨，色彩变化丰富。画这幅画之前，画家未曾留意过月季。这幅与之前风格迥异的作品，让那些批评他的人回心转意，也成了他自己最喜爱的作品。

获得五枚皇家园艺学会金奖的英国艺术家罗西·桑德斯，则另辟蹊径，喜欢画即将凋谢的月季，赋予衰败的花瓣茎叶生命的质感，十分动人。

玫瑰和蔷薇的花期在夏天，而月季“无日不春风”。花城广场、流花湖公园和云台花园的玫瑰园，什么时候去，都能看到盛开的花。既然都叫玫瑰园，那么花店里的月季叫玫瑰也没什么关系了，关键在于送花人的那一份心意，你说是吧。

纵有一庭萱草

20世纪80年代有一首名叫“鲁冰花”的歌很流行，是台湾同名电影的主题曲。电影是根据台湾作家钟肇政的小说改编的。

第一次见到鲁冰花，是在云台花园的小山坡上。花序宝塔状，挺拔饱满，无数朵蝶形小花沿着宝塔层层排列，色彩缤纷绚丽。这有点出乎我的想象，原想那么悲苦的故事，花的色彩应该暗淡才对。

查资料才知道，鲁冰花是其学名“*Lupinus*”的音译，*Lupin* 在古希腊文里是“苦涩”之意，因为鲁冰花的果实极苦。鲁冰花是豆科羽扇豆属一类植物的总称，主要分布在美洲和欧洲温带地区。我见到的是多叶羽扇豆，颜色七彩，花序更长，花朵更大更密集。这些品种被称为罗素杂交群，是英国园艺学家乔治·罗素用了20多年的时间，通过杂交与改良，将羽扇豆单调的颜色变得绚烂多彩。科学家1976年在北美肯河岩洞中发现的鲁冰花种子至今已有17000年，是目前所知寿命最长的种子。

20世纪90年代来自荷兰的鲁冰花就出现在广州的春节花市上，华南植物园也办过好多届“鲁冰花文化节”。但近年不怎么见到鲁冰花的身影了。

也有人说，在台湾“鲁冰花”的名字来自客家话“路边花”，鲁冰花种在茶园田野，是很好的花肥。它总是在5月的母亲节前后开花，故被台湾人视为“母亲花”。电影里也是用鲁冰花来象征母爱。

母亲节来自西方，人们喜欢在母亲节送康乃馨。白色康乃馨成为母亲节的花，源于1908年5月10日那个星期日，美国西弗吉尼亚州一位名叫安娜·贾维斯的女子发起运动，号召人们选定一天纪念天下母亲的美德。她的母亲最喜爱的花朵就是康乃馨。她认为白色

* 鲁冰花

康乃馨洁白无瑕，象征母爱的真实、纯洁和宽厚；花的馨香，象征母亲的记忆和祝祷；康乃馨不会抛弃花瓣，枯萎时仍紧拥花瓣于怀中，母亲也这样拥抱自己的孩子，母爱永不枯竭。

而在母亲节携康乃馨传入我国前，萱草花早已被认为是中国的“母亲花”。其形成的思路大致如下：《诗经·卫风》：“焉得谖草，言树之背。愿言思伯，使我心痗。”大意是如何得到谖草，种于北面的厅堂前，让我忘记忧伤；因提起思念的丈夫，我心中悲伤。谖草即萱草，谖也是“忘记”的意思，故而萱草花也叫忘忧草。唐孟郊著名的《游子》诗“萱草生堂阶，游子行天涯。慈亲倚堂门，不见萱草花”，把《诗经》里的“种萱思夫”变为“种萱孝母”，将萱草花与母亲联系起来。元王冕也有诗句：“今朝风日好，堂前萱草花。持杯为母寿，所喜无喧哗。”

萱草花原产我国。我在华南植物园里见过萱草花，橘红色。一些路边也偶有种植。清陈淏《花镜》说：“一名宜男，一名忘忧……

妇人怀娠，若佩此花，多生男儿。”表达了人们的祈愿。

至于忘忧，对我而言，纵有一庭萱草，不见叮咛嘱早归，又何曾与我解忧？曾以为人生漫长，可以陪着母亲在这世界上慢慢走，可是怎么走着走着，就走散了呢？

老虫子硕士毕业那年，我们去美国，正好是母亲节。老虫子送我的礼物是一打粉色月季。北美的春天来得晚一些，老虫子寄居的村子，正好开了一树一树白的粉的红的花，宛如飞来了一树一树的蝴蝶，妖娆得很。老虫子直接就叫人家“北美小粉红”。

其实此花叫大花四照花、多花梾木，就产自北美，难怪无论路旁、公园、庭院、校园，随处都可见到这一树树引人注目的花。我们看到的“花”，是苞片，真正的花是中间那些不起眼的小球球。20世纪初，美国曾把大花四照花作为日本赠予樱花的回礼。大花四照花在日本被叫作“花水木”，2010年还拍过一部同名电影。

大花四照花的花语是“感谢”“回礼”。在毕业季开，在母亲节开，真是应时呢。我总是不免俗气地想。

大花四照花

想做卖香花的老婆婆

院子里那十几棵白兰树，有八九层楼那么高，如汪曾祺写的：“密密的叶子，把四周房间都映绿了。”开花时，满院都是香的。当风把那清香吹送到屋子里的时候，我就知道夏天马不停蹄地赶来了。

夏蝉开始聒噪，声音也破窗而入。有时候一场暴雨袭来，一股泥土味“蓬”的一下，升上来，直钻鼻孔。很快，又被白兰花的香味压下去了。刚刚还声嘶力竭的蝉，终于能消停一会儿了。

夏天的雨会打落花瓣，这时回家就要小心翼翼，生怕踩没了那湿漉漉的香味。花落了再开新花，一直开到10月。白兰花花期长到你会忽略它的存在，但在一个安静的夜晚，有点凉风，那香味依然分明且浓郁地飘浮着，然后你抬眼看树上躲在大叶子间那些小小的白花，安心道：哦，花还在。

我小时候住的大院里，也有很多白兰树。篮球场种了一圈，在那里玩耍或看露天电影时，就被香气包围着。那时候没文化，把院子里的白兰花、米兰、含笑，统统称为“香花”。

米兰也是树，放学后我常常一个人爬上去，藏在那些密密麻麻的黄点点和浓郁的花香中，直到奶奶来喊我回家吃饭。还有含笑，在路边，躲在枝叶间，用浓郁的甜香跟人打招呼。有人说高大的白兰树出了岭南就只能盆栽，奇怪的是，我长大后看到的米兰不出岭南也是盆栽，再也没有看见过米兰树的样子，让我恍惚觉得童年那棵米兰树是一个梦，并没真实存在过。

这时节，尤丁丁会把家里阳台开的茉莉花摘了送我，我用一只玻璃碗盛着清水养在办公桌；天桥或街边，有老婆婆卖扎成一小串的茉莉花和白兰花，虽然家里有白兰花的香味，但下班经过时我还是会买两朵白兰花回去放床头。有时候，在衣服口袋里也放上一两

白兰花

朵白兰花，让自己时刻闻得到香味。台湾作家张晓风说：“含笑和白兰的香是荤的，茉莉是素的，素得可以入茶的。”那么，我是素荤搭配，早晚一样也没落下。

觉得夏天的傍晚路过这样的天桥，蛮幸福的。只是现在天桥早被清理干净了。我发出感慨：“不知天桥和街边几时可以再次看到卖白兰花和茉莉花的老婆婆。”杨咩咩马上回应：“我可以摆摊卖这个。我家楼下正是玉兰路。”莎莎起哄：“月黑风高夜，带根竹竿走起。”我说，哪用去那么远，我家院子多的是。当然，我们绝不会去偷花。但想象我们三个老婆婆在天桥上卖白兰花、茉莉花，没有生活所迫的样子，一定很酷。

白兰原产印度尼西亚爪哇，如今遍植东南亚。周瘦鹃在《扬芬吐馥白兰花》中写道：在广州“农林路上，瞧见两旁种着的行道树都是白兰花，不觉欢喜赞叹。后来又在中山纪念堂前，看到两株二人合抱的老干白兰花树，更诧为前所未见”。

是的，在广州的公园、学校、马路边，随处可见白兰树，不用专门跑到哪里去看。中山纪念堂不仅有广州最老的木棉王，还有广州最大的两棵白兰树，已经100多岁了。西侧的白兰建堂之初就原植于此，东侧那棵白兰是为了配合建筑风格后种的，两株不同时间种植的树，竟长得大小一致、形态相似，树干直径都接近一米，树荫覆盖面积达数百平方米。确实很少有白兰树会长成这个样子，如果不走近看那些花，远远望去还以为是两棵古老的榕树呢。

唐武平一有“轻罗小扇白兰花，纤腰玉带舞天纱。疑是仙女下凡来，回眸一笑胜星华”的诗句，是诗词中有关白兰花较早的记载。宋杨万里有一首写白含笑的诗：“薰风晓破碧莲苔，花意犹低白玉颜。一粲不曾容易发，清香何自遍人间。”同样适合用来描写白兰花的玲珑可爱和素雅清香。

忘了在哪里还见过长得跟白兰花一模一样，但颜色是黄色的花，香味更加浓郁。后来知道那叫黄兰，是白兰的亲本。白兰就是黄兰和山含笑杂交而成。被收录到人教版初中语文教材里的泰戈尔的散文诗《金色花》，据说写的就是黄兰：

假如我变成了一朵金色花，为了好玩，长在树的高枝上，笑嘻嘻地在空中摇摆，又在新叶上跳舞，妈妈，你会认识我吗？

梦回犹觉鬓边香

“好一朵美丽的茉莉花……”这首很“中国风”的江南民歌，让我以为茉莉花就产自我国江南。晋嵇含《南方草木状》说：“耶悉茗花、末利花，皆胡人自西国移植于南海。南人怜其芳香，竞植之。”唐段公路《北户录》记载：“耶悉弭花，白末利花，皆波斯移植中夏……今沓（同“番”）禺士女，多以缕贯花卖之。”耶悉茗（弭）花即素馨花，末利花即茉莉花。素馨花和茉莉花均来自波斯。

古老的海上丝绸之路，也是一条异域的奇花异草和岭南本土花卉的贸易之路。素馨花通过海上丝绸之路引进后，广州城西和珠江南岸开始有专门种植素馨花的花田。开花时，弥望如雪。清屈大均在《广东新语》中记载，花市“在广州七门，所卖止素馨，无别花。亦犹洛阳但称牡丹曰花也”；“富者以斗斛，贫者以升，其量花若量珠然”。每天全城花市上能卖出几百担。七夕有素馨花艇，秋冬千门万户皆挂素馨灯。七个城门的花市陆续扩大到九个城门，后来逐步演变为如今的广州花市。民间认为素馨花是旧时的广州市市花。

鸦片战争后，西洋花卉及各式新鲜玩意涌入广州，素馨花渐渐淡出人们的生活。20 世纪 50 年代，城市扩建，昔日的花田几乎被铲除一空，素馨花便成了日渐稀少无从寻觅的明日黄花。

我很早就知道素馨花的传说，也曾经与小红同学参观过清末著名画家居廉、居巢兄弟的居住及授徒之地“十香园”，所谓“十香”就是在园中种植了十种花：素馨、瑞香、夜来香、鹰爪、茉莉、夜合、珠兰、鱼子兰、白兰、含笑。居廉画过《十香图册》，其八即为素馨花。据说园中仅有两棵素馨花，但我们去的时候不是花期。又听说植物园和原先种素馨花的庄头公园也有，去植物园寻了，未果。

* 茉莉

与素馨花同科同属的茉莉花，则很常见。素馨花是单瓣尖瓣，茉莉花则是圆瓣，现在多重瓣，复瓣繁多的被称为宝珠茉莉，花似小荷而品最贵。茉莉花最早在广东、福建流行，晚唐文人李群玉在广州参观六祖惠能说过“风动”的法性寺（今光孝寺）后写道：“天香开茉莉，梵树落菩提。”从宋杨万里“月在荔支梢上，人行抹利花间”、清屈大均“树树奇南结，家家茉莉开”的诗句中，也可看出，茉莉花在南国随处可见，清香旖旎近人。

与北方女子喜欢簪牡丹、荷花不同，南方女子喜欢用素馨花、茉莉花装饰髻鬟，可谓“花向美人头上开”“梦回犹觉鬓边香”。男子也不遑多让，“御裹小帽，簪花乘马”。清屈大均《广东新语》说“茉莉宜于女子，素馨宜于丈夫”。现在广州人的日常依然离不开花，只是少了些戴花的风雅，多了些奔赴一场又一场花事的轰轰烈烈和乐此不疲。

茉莉花因色如冰雪，香可安神，所以古人还用来避暑。古书记载宋孝宗夏天喜欢去选德殿、翠寒堂避暑，这些殿堂养着数百盆茉莉、素馨等南方的花，鼓以风轮，清芬满堂。宋刘克庄亦有诗云：“一卉能令一室香，炎天尤觉玉肌凉。”

夏初绽放的，还有马达加斯加茉莉、毛茉莉、风车茉莉、山橙等。其时走进植物园的藤本园，香气能把人熏倒。

茉莉花可制茶、制酒。古人用茉莉花制茶颇讲究：每晚采花，取半杯井水，花离水一二分搁上面，用厚纸密封，次日以水点茶，清香扑鼻。

我父母家常年种有茉莉。花开时节母亲喜欢跟茉莉花待在一起。母亲喜欢一切花香味，记得读大学时暑假回家，一阳台的栀子花、茉莉花、夜来香，晚上熏得人晕头转向。母亲喝茉莉花茶很不讲究，就是趁茉莉花新鲜的时候摘下来，摊晾在竹箕上，喝茶了就拈几朵扔进茶杯里。我回家时也这样干。

后来母亲因病去世。在告别会的那天早晨，天台上的茉莉花独独开了一朵，仿佛就是为了送别母亲而来。邻居玲姐将这朵花摘下来，放在盛着清水的保济丸小瓶子里，交给我，让我放在母亲身旁，并要我跟母亲说：“这是你最喜欢的花，我让它陪着你。”

可是，当我把这朵花放到母亲的枕边，还没开口，早已泣不成声。

父亲种的茉莉花年年开，但再也没有那只戴着银镯子的手，去拈几朵来扔进茶杯里。

玉质自然无暑意

夏天白而香的花，除了白兰花、茉莉花，还有栀子花。有好多年没见栀子花了，直到在网上买了一把橙黄色的像兔子一样的果子，先生说这不是小时候在山上见过的黄栀子吗，才想起这洁白清香的花来。

在大学校园看到栀子花时，便觉得它是一个着白衣绿裙的女生，羞涩文静，暗香氤氲；在庭院看到栀子花时，觉得它像一个邻家女孩，素朴淡雅，浅笑晏晏。鲁迅写“广州的天气热得真早，夕阳从西窗射入，逼得人只能勉强穿一件单衣。书桌上的一盆‘水横枝’，是我先前没有见过的：就是一段树，只要浸在水中，枝叶便青葱得可爱”，才知道“水横枝”就是栀子，栀子还可以水培。以前看到的都是种于地上或者盆栽。

说到栀子的香气，必然要想到汪曾祺那段话：“栀子花粗粗大大，色白，近蒂处微绿，极香，香气简直有点叫人受不了，我的家乡人说是‘碰鼻子香’。栀子花粗粗大大，又香得掸都掸不开，于是为文雅人不取，以为品格不高。栀子花说：‘去你妈的，我就是要这样香，香得痛痛快快，你们他妈的管得着吗！’”哈哈，栀子花知道有人替它出头，心中必定是痛痛快快的。

栀子的果实因为长得像古时候的酒器卮，故而得名。栀子果在秦汉时期已用作黄色染料。《史记·货殖列传》载：“若千亩卮茜，千畦姜韭：此其人皆与千户侯等。”茜与卮都是染料，种植“千亩卮茜”的人家和千户侯一样富有。栀子果“结子同心”，还是古代青年男女爱情的信物。

我们现在见到的重瓣栀子花多是改良过的，不结这样的果子。

栀子花原产我国长江中下游及以南地区。被观赏始于南北朝时期。唐代韩愈写过“升堂坐阶新雨足，芭蕉叶大栀子肥”，可见栀

栀子花

子花种在庭院里了；因花色素雅，香气动人，唐代女子常常簪花为饰。宋代文人士大夫把栀子花视为“妙香”“禅友”，栀子花自此登上大雅之堂。栀子花喜欢晚上开放，故而宋朱淑真有“玉质自然无暑意，更宜移就月中看”的诗句。

1757年英国人詹姆斯·戈登从中国把栀子花带到英格兰种植，很快就流行开来，女子喜欢它的香味，把它当作胸花，也用来装点鸡尾酒和礼物盒。

初夏，为了拍栀子花，我走进了华南植物园藤本园，下意识跟一位看花的大姐嘟囔不知道哪里有栀子花，她讲粤语，似乎听不太明白我说的是什么花。我们各自看了一会花，她便离开了。过了半个钟头，她骑着电动车回来给我看手机，问我要找的是不是这种花。我一看是了，她告诉我要怎么走。走到路边，果然看到一大片栀子花开得极好，香味阵阵袭来。

花叶与栀子相似的狗牙花，常被人误以为是栀子花。我们院子里有一棵，出门总会先看见它。有一次在珠江公园，吴洁闻着一丛洁白的花朵说这栀子花真香，我说那是狗牙花，没有香味的。她说有，我凑近闻了闻，果然有。我楼下那棵咋不香呢？会不会是狗牙花开的时候白兰花也开了，它的香被白兰花的香覆盖了？

至于银狗牙花和金叶珍珠狗牙花，则断不会混淆，叶不同，花五瓣，风车状，花型小很多。

夏天在广州，还有一种白色的花，大街小巷的花店，甚至菜市场，都能见到它的身影。那就是姜花。也不贵，人们买菜的时候顺便带

⁂金叶珍珠狗牙花

一把回来，就能一屋子都弥漫着沁人心脾的清香。我爱极了这种味道，觉得夏天没有这种味道，总像少了点什么。但它蔫得很快，好在芬芳持续得比花久一点。台湾作家林清玄写姜花的香气绝妙："小屋里就被香气缠绕，出门的时候，香气像远远的拖着一条尾巴，走远了，还跟随着。"

姜花的姜不是我们吃的葱蒜姜中的姜，它产自印度和马来西亚，晚清时引入中国，别名野姜花。白色的花朵像一只只栩栩如生的蝴蝶，所以也有人叫它"白蝴蝶花"。姜花主要分布于热带亚热带地区，是古巴和尼加拉瓜的国花。

姜花只是摆在街头巷尾的鲜切花，不轰轰烈烈，但这是广州夏天挥之不去的味道，恰如它的花语：将记忆永远留在夏天。

繁花盛放半城红

因惦记着这时已经开了的艳山姜，在一个午后走进东风公园。没想到劈头盖脸邂逅了一树凤凰花，炸裂般绽放，一团团一簇簇，要把人的眼睛艳瞎。广州的5月，仿佛须得用这浓丽的色彩，去配那明晃晃的阳光，才算是宣告炎夏的真正到来。

去过无数次小公园，却没发现有那么大一棵凤凰树。也是，以前忙着加班，哪有时间施施然来看花呢。

我好久没那么近距离地看过如此烂漫的凤凰花了。以前总是远观，一片如云如霞，恍若一个高不可攀的人。不敢走近，是因为树下总是吊着些细长弯曲的毛毛虫。读大学时，校园里也有凤凰木，春天走在林荫道上，不下雨也会撑把伞，就怕迎面撞上那些“吊死鬼”，更怕它们掉下来，在我头上脖子上面目狰狞地爬。

所以，我对凤凰木的情感一直很复杂。喜欢它的花，但怕它晃晃悠悠吊下来的毛毛虫。

如今距离那么近，我竟被开得如此痛快和张牙舞爪的花冲昏了头脑，乱了方寸，不知如何去拍它。同时大大松了一口气，觉得之前没能出去看花的缺憾，得到了豪华的补偿。

作为“世界上最艳丽的树木之一”，广州最早的凤凰木标本采自我的母校中山大学。据华南植物园标本馆资料，1928 年 5 月 20 日，由蒋英教授所采集的来自中山大学的凤凰木标本，而今存放在中科院华南植物园标本馆；作为礼尚往来的交换，植物园 1916 年 8 月 9 日采自菲律宾吕宋岛的凤凰木标本，而今也存放在中山大学生物博物馆里。

凤凰木来自非洲的马达加斯加，是马达加斯加的国树。如今在热带地区广为栽种。据说因 16 世纪引种澳门凤凰山，故名凤凰木。叶如飞凰之羽，花若丹凤之冠，繁花盛放时半城红。因为花色艳丽，被种植在校园里，象征着“火热青春”，它是厦门大学的“校花”。

凤凰木

凤凰花开的季节也是毕业季，青春散场，肯定有留恋和离别的一丝丝伤感。火红的凤凰花是南方大学学子的集体记忆，而毛毛虫也许只是我的个体记忆。

除了校园和公园，广州大街小巷都能见到它灿若云霞的花朵，普遍栽种的程度跟羊蹄甲家族和木棉、美丽异木棉有得一拼。这些“燃烧的火焰”，有的可以一直持续到秋天。

看了相关资料，知道一个特别冷门的知识，就是凤凰花有的花瓣是全红的，有的花会有一片黄白色带紫色斑纹的花瓣，这片花瓣叫“旗瓣”，还没被授粉，它以明亮的色彩吸引昆虫，授粉完成，这片花瓣就会卷起来，遮住白色部分，整朵花就变成全红色的了，它在告诉传粉者:“我完成任务了，别再找我了。”真是令人惊奇啊!等凤凰花开的时候，我一定再好好观察一下。

凤凰花开在高高的树木上，一般只能仰望。有一次吴洁请我们逛珠江公园，逛完到她家，她煮面条给我和心宇吃。从她家阳台往下看，就是几棵凤凰木，正开满了花，第一次有了俯视的角度，感觉挺特别的。吴洁说，凤凰、木棉什么的，在广州好多年了，人们熟稔且亲切，为什么不多种点这些树呢，而要去种那大片的黄花风铃木。哈，又是一个不喜欢那高饱和度没层次感的黄花的主儿。

如今出现花朵金黄色的凤凰木了，但我还没见过。估计因为像蓝花楹一样珍稀而大受欢迎，而不会像黄花风铃木那样不受待见。

凤凰木又叫红花楹，但与蓝花楹不是一个家族的。它俩只是树形相似，叶子也相似，只不过凤凰木叶子尾部偏圆，蓝花楹叶子尾部较尖。花除了颜色不同，形状也完全不同，很容易区分。

凤凰木倒是跟我们常见的洋金凤是亲戚，叶形、花色、花型很像，且洋金凤又被叫金凤花，凤凰木的俗名也叫金凤花，名字叫得挺乱的，很容易混淆。然而仔细看就能分辨清楚：凤凰木树形高大，洋金凤是矮小得多的灌木或小乔木；花虽然相像，但洋金凤的花蕊是远远伸出在花冠之外的，又细又长，凤凰木的花蕊则是常规的。而且，整体上看，洋金凤的花，其灿烂程度，是远远逊色于凤凰木的。

花半开

小满，这是最像小姑娘名字的节气了。念起来，仿佛听到了花开的声音，叶长的声音，风过的声音，雨落的声音，脆生生的在野地里跑跳嬉笑的声音。这联想，可能与我读过肖复兴老师那篇写小满的文章有关。

他说文学作品中，爱用节气给人物起名字，孙犁先生的小说《铁木前传》里就有个19岁的姑娘叫小满。小满，真是人生的一个好节气，清浅如水，不是生牤子般的小姑娘，也不是一头霜雪的老太太，是立在这两者之间最富有生机和朝气的姑娘。

小满也是唯一以植物生长状态命名的节气。《月令七十二候集解》说："四月中，小满者，物至于此小得盈满。"作物籽粒开始灌浆饱满但未成熟。只是小满，尚未大满。

此时，阳光充足却不焦灼，雨水丰盈也未泛滥。杏子生仁楝谢花，枇杷黄后杨梅紫。时序转换如常，又绘声绘色。

蛙鸣初散雨还来。这时节，会有一言不合说来就来的暴雨。暴雨下慌乱跑过，脚面脚踝、裤脚或裙摆，就会沾上草叶花瓣。喜欢夏天的花瓣雨草叶雨。喜欢一个明晃晃的浅夏。小满，一切都刚刚好。

绿荫幽草胜花时。除了满目的青翠，还有满树的繁花。都说小满未满，花半开，酒半醺，最好不过。这讲的是人生的趣味和境界，但大自然有大自然的定律，它才不管什么半开全开的。岭南的花，少有含含蓄蓄地半开的，多数像大笑姑婆，开得恣意，瞧瞧火红的凤凰木就知道了。

如果非要说“半开”，艳山姜算对得上号的。它们总是躲在巨大的花纹斑驳的叶子间，由笋鞘包裹着，一串花弯垂，只有两三朵是开了的，其余都是“犹抱琵琶半遮面”。未开的如白玉般晶莹，花苞顶上是一点红晕，低眉垂首、欲语还休，似娇羞腼腆的清纯少女；盛开时吐露出红色纹彩，唇瓣明黄，独特艳丽迷人。它最像小满时节的花，最像叫小满的姑娘。

这花平常只见大叶子，看不出美来。如果花都开尽，我想我不会那么喜欢。未开与已开，便是白月光与饭黏子的区别罢。

艳山姜又称花叶良姜、斑纹月桃等，原产地在我国东南部和西南部。华南植物园姜园有，其他大大小小的公园也常见。东风公园就种了一片，每次去拜访它们的时候，总是遇到阵雨，洁白的花苞上沾着雨滴，更加清新可人，我见犹怜。秋天想去看它的蒴果，却不多见，不知道是没结果还是被采摘下来拿去做火锅料了。听说那色彩绚丽的大叶子还可以用来包粽子、糍粑。

艳山姜花以白色为主，但华南植物园里还有一种粉红色的山姜，开放后唇瓣黄色，里面是对称分布的紫红色条纹。这是由陈升振先生于20世纪70年代末至80年代初用草豆蔻和小豆蔻杂交而成。2009年陈升振先生逝世后，为纪念他为姜科植物的引种保育研究做出的巨大贡献，特别以他的名字命名为“升振山姜”。美丽的花儿背后总有研究人员长期的默默付出。

艳山姜，是唐杜牧“娉娉袅袅十三余，豆蔻梢头二月初”、宋王雱“相思只在，丁香枝上，豆蔻梢头”中被误以为的豆蔻，古人以讹传讹，也算是一个“美丽的误会”吧。换句话说，艳山姜只是文学中的豆蔻，不是真的豆蔻。专家认为豆蔻属植物和山姜属植物的主要区别是，山姜属的花在梢头，豆蔻属的花在地面，所以“二月梢头”不可能是豆蔻属植物。但“豆蔻年华”既然沿用下来，估计也不会有人去较真是山姜属还是豆蔻属吧。

夏天还有一种半开的花：含笑。含笑原产地就在华南地区，因其开放时花瓣不完全张开，像掩口而笑而得名。其实它也会“大笑”，只不过平常见到的多是半开半合的样子，而这个时候它的香味最浓烈，“大笑”时香味反而在变淡。宋李纲《含笑花赋》序曰：“南方花木之美者，莫若含笑，绿叶素荣，其香郁然。”

含笑花貌不惊人，小小一朵，竟然与树木高大花朵硕大的玉兰同属木兰科。有人觉得含笑的味道像香蕉，有人觉得像瓜果，反正我很喜欢这种甜香的味道，那是夏天的味道。

* 艳山姜

独占芳菲当夏景

满城如火的凤凰花还没谢幕，大叶紫薇就隆重登场了。大叶紫薇枝叶茂密，花开华丽，优雅的紫色或紫红色花瓣，像女孩子的花裙，随风飘动，虽然皱巴巴的，仍美得让人惊艳，可谓“盛夏绿遮眼，兹花红满堂”。球形蒴果串串结于枝头，宛如许多小铃铛，在蓝天下，在雨中，清脆地响。

作为长夏花魁，大叶紫薇成为南方很多城市的行道树。我家附近的环市东路和水荫路，还有广州大道和珠江新城，就种有不少。先生有一天带我去从未走过的永福北约街，发现一条街都是大叶紫薇。路边小店的一个小伙子跟我们说：“你们来晚了，前几天才漂亮呢！这两天的大雨打落了很多花。”自豪和惋惜，都溢于言表。可见，爱花这件事，是不分男女老少的。

大叶紫薇的叶子在秋天会变黄变红，且还会落叶纷纷。在一年四季皆绿的广州，这算是最好看的叶子了。所以每到秋天，我都会去拍那罕见的“秋色”。虫子仿佛对这些叶子也情有独钟，啃咬得每张叶子的花纹图案都不一样，极具美感。冬春之间，叶子几近落光，剩下光秃秃的枝干顶着干枯了的蒴果，叶子稀疏地挂在枝头，如水墨画一般。

大叶紫薇又叫大花紫薇，主要分布在斯里兰卡、印度、马来西亚、越南及菲律宾等地，我国主要在广东、广西和福建有栽培。

小叶紫薇花要稍晚点开。小叶紫薇主要分布于亚洲东部、东南部、南部和澳大利亚北部。

小时候住的大院里种有几棵，树干光溜溜的，那时还不知道有“痒痒树”的说法，否则一群百无聊赖的小屁孩早挠得不亦乐乎了。广州除了植物园，公园或路边隔离带常见，花有粉色的，也有大红色、紫红色的。但大街小巷种的还是大叶紫薇居多。

小叶紫薇能从酷暑一直盛放至冷秋。唐杜牧的“晓迎秋露一枝新，不占园中最上春。桃李无言又何在，向风偏笑艳阳人”、宋杨万里的“似

* 大叶紫薇

痴如醉弱还佳，露压风欺分外斜。谁道花无红百日，紫薇长放半年花”，绝不是虚言。除了花期绵长之外，与大叶紫薇不同的是，小叶紫薇无论是树高、花朵还是叶子，都小巧一些。无数细密褶皱的小花，一团团一簇簇，开得与炙热的阳光一般猛烈和蓬勃跋扈，蓬蓬如瀑。

汪曾祺写紫薇花很是形象生动：“紫薇花是六瓣的，但是花瓣皱缩，瓣边还有很多不规则的缺刻，所以根本分不清它是几瓣，只是碎碎叨叨的一球，当中还射出许多花须、花蕊。一个枝子上有很多朵花。一棵树上有数不清的枝子。真是乱。乱红成阵。乱成一团。简直像一群幼儿园的孩子放开了又高又脆的小嗓子一起乱嚷嚷。”

古代诗人吟咏的紫薇，当是小叶紫薇，如唐白居易著名的诗句：“独占芳菲当夏景，不将颜色托春风”“独坐黄昏谁是伴，紫薇花对紫微郎”。紫微与紫薇的关系，简言之：古人将天空划分为三个星区，紫禁垣居中，其核心有紫微星（即北斗星），一年四季它都出现在同一位置，群星仿佛围绕着它转，所以被视为天上的中心，是帝星。那么天下的中心就是紫禁城，皇帝居住的地方。紫禁城的中心机构是中书省，唐代开元元年（713 年），中书省干脆改名为紫微省，并种上大量的紫薇花，所以在民间紫薇花又被叫作“官样花”。白居易正是紫微侍郎。宋陆游也有《紫薇》诗：“钟鼓楼前官样花，谁令流落到天涯？少年妄想今除尽，但爱清樽浸晚霞。”

清陈淏《花镜》说紫薇“红紫之外，有白者，曰银薇。又有紫带蓝色者，曰翠薇”，我直到去年夏天，才在厦门见到银薇，洁白的花瓣配上淡红的花茎、明黄的花蕊，清新好看。但至今没见过翠薇。

在夏天的华南植物园，我见过高大的红花大叶紫薇，这颜色在满城的紫中显得特别。还见过花淡紫色的劳氏紫薇和白色的绒毛紫薇。今年初夏，又见到两株福建紫薇，一株粉红，一株白色，为我国特有种，原产于福建、浙江、湖北，属于珍稀濒危植物。它开花早，花期也不像大叶紫薇和小叶紫薇那么长。

很幸运，它开花的时候我遇见了。

▫福建紫薇

仲夏的『黄金雨』

在岭南，夏天与春天一样，繁花似锦。但夏天的雨就简单粗暴多了，一言不合，劈头盖脸就砸下来。远不及春天的雨，如粉如雾，温润如酥。春雨负责诗情画意，是可以入唐诗宋词的。试想，如果没有春雨，只有杏花，江南得少却多少韵味呢。

夏花虽灿烂，常被狂风暴雨摧折；抑或不堪溽热，自行凋落。在夏天，便常常会邂逅一场花瓣雨。

上下班的路上，茂密的行道树中有一些很特别的树，到六七月，就开出一树一树的黄花，一串串垂挂着，在一大片浓郁的绿中，显得超拔脱俗。阳光下明媚，微风中轻盈起舞，雨来则毫不犹豫飞落一地。夏天的暴雨总是不期而至，没带伞，“噼里啪啦”狼狈地跑过这条开了黄花也落了黄花的路，回到办公室或回到家，才发现鞋子和裙裾上，沾满了那些轻俏的花瓣。

刚开始，我并不知道这花的尊姓大名。不知道也好，美物不问出处，能抚慰人心即可。后来，见多识广的“鸟人”邹姐姐告诉我，这花叫“腊肠花”。

吓我一大跳。谁那么不走心，起这么个名字？仙气袅袅的花却有个充满烟火味的名字。然而仔细看看它的果实，真的很像腊肠呢。这名字也“很广州”，腊肠正是广州的特产。暴雨一来，花瓣纷纷落如雨，所以，这花别名也叫“黄金雨”“金急雨”。这些名字也很形象。

腊肠花不够繁盛的年份，感觉缺少一个紧锣密鼓的让人喝彩的亮相，就悄无声息地退场了。但开得好的年份，到了大暑，甚至到了秋天，花精灵依然轻盈地吊挂着。这时的花瓣有许多白色的，愈发清新俊俏。黄金雨美得如此漫长，又在家门口，我忍不住一再分享，就有人建议叫“白银雨”或“金银雨”，还有人干脆建议叫“长发美女”。

腊肠花原产印度、缅甸和斯里兰卡，是泰国的国花。我国主要是南部和西南部地区栽培。在广州花开时节正好下的是“龙舟水”，频密且猛烈粗暴。虽然夏天要躲很多场雨，然而最不想躲的，是那满街的“黄金雨”。

这天，是连日暴雨后的响晴。尤丁丁恰好这时约闺蜜们小聚。宅家多日，终于找到了出门的由头。首先奔去看一眼腊肠花。花序还稳稳地吊在树上，宛如一串串风铃在风中歌唱；又像无数的蝴蝶在聚会，在阳光下闪着金色的光芒，可爱俏皮。

两位女士过来问我这是什么花，我告诉她们，她们很兴奋地仰头拍照。很多人不认识和忽略了这花。腊肠树长得高，人们只顾低

❋腊肠花

头赶路，没想过抬头看看树上有没有花。

2021年5月，肖复兴老师来广州做活动，我第一本散文集赶出来，这样我俩就在广州购书中心有了一个对话的环节。活动结束后，走在环市东路上，我指着路灯下一串串黄花跟肖老师说：这就是我书里写过的腊肠花。肖老师回北京后，很快就写了一篇文章《广州腊肠花开》，刊载在《羊城晚报》上。肖老师在最后写道：

从某种程度上讲，编辑是作者背后的推手，一般读者看到的是文章或书籍上作者的名字，编辑隐在后面，像风，看不见，却吹拂着作者前行。写作几十年，报纸杂志和出版社负责我的稿子的责任编辑有很多，有不少从当初年轻到如今退休，他们都令我难以忘怀和感慨。邱方是其中之一。

不知为什么，回到北京，想起邱方，总还想起广州环市东路上的腊肠花。她的家，她曾经供职的出版社，都在这条路上。她就是这样一年四季每一天每一天，从这里走过，拍摄下鲜花和落叶，然后静静地为它们写下绵软的文字，画出她钟爱的水彩画。没有人会注意到一个娇小瘦弱的姑娘，在这条广州普通的路上，渐渐地走成了一个退休的老人家。只有腊肠花花开花落。

这段话让我感动。其实肖老师自己，也是一位资深编辑，曾担任《人民文学》副主编。他回京前，我和娓娓带他到黄埔古港参观，娓娓跟我说：咱俩都还没单独合过影呢。我这才恍悟：娓娓不仅是我同事，也是我第一本书的编辑。我如今也是个有责任编辑的人了。

我们惺惺相惜。我们都是那看不见的风，吹拂着。

争迎春色耐秋寒

鸡蛋花在广州，路边随处可见。树不太高，花有三四月开的，也有五六月开的，然后一直开。直到深冬，花才依依不舍逐渐消失，而后如枇杷似的挺直翠绿大叶，也渐次从树上脱落，蜷缩成褐色的沧桑的样子，恍若一个青葱少女变成了满脸皱纹的老太婆。树叶落尽后，枝头留下半圆形的叶痕，似有着斑点的鹿角。春天来了，“鹿角”上率先长出嫩叶来。叶子的顶部，有的品种是尖的，有的品种是偏圆的。

花朵掉落，却数日新鲜如初。我会在初夏的雨后到附近的口袋公园捡拾那些落花，回来拿只玻璃碗盛了清水，让花漂浮在清水上，闻着醉人的香味，学着在网上看到的图片，将花在一张白纸上各种摆放，再画上各种线描的小人儿，组成一幅幅妙趣横生的图画。这是可以从夏天一直持续到冬天的游戏。我觉得这是身边最平凡最可亲近的花了，可能与它的树矮有关，也可能与它太接地气的名字有关。

“鸡蛋花”可是官方名，够简单直白，就是因为花瓣外白心黄，确实像鸡蛋白包着蛋黄。原产墨西哥，我国热带亚热带地区引进栽培已有几百年历史。清屈大均《广东新语》称鸡蛋花为贝多罗：“瓣皆左扭，白色，近蕊则黄，有香甚縟，落地数日，朵朵鲜芬不败。”至于说到“叶大而厚，梵僧尝以写经”，则是他把贝多罗与贝多搞混了。贝叶经是用贝多（又称多罗，棕榈类木本植物）的叶子制作的，不是鸡蛋花的叶子。他说鸡蛋花六瓣也是不对的，只有五瓣。

其实鸡蛋花有不同的渐变色，除了白黄，还有红黄、白红黄、粉红黄，不管怎么搭配，花心都是黄色的。花朵就如其名一样简单，但细腻精致，幽香清雅。鸡蛋花没有花蕊（其实是藏在花筒基部不露头），昆虫们循着香味前来，却找不到花蜜和花粉。但鸡蛋花有自己的方式生生不息。

一直以为鸡蛋花是往上长的，在潘鹤雕塑园，第一次见到红黄相间的花的枝条是修长低垂的，婆娑多姿，别有风情。据说红鸡蛋花才是最早被描述的鸡蛋花，也是园艺上进行杂交培育最多的鸡蛋花。

文殊兰

我国西双版纳以及东南亚一带，鸡蛋花与白兰花、黄姜花、地涌金莲、荷花、文殊兰被佛教寺院定为“五树六花”的“六花”。释迦牟尼一生与植物有着不解之缘，他降生于外婆家的无忧树下，得道于菩提树下，圆寂于娑罗双树下。白兰花、鸡蛋花、荷花、文殊兰、地涌金莲常见，黄姜花不知长什么样，也许见过却不知道。

鸡蛋花是广东夏季饮用的解暑、祛湿凉茶“五花茶”的“五花”之一，其余四花是菊花、槐花、木棉花、金银花。但鸡蛋花没有木棉花那么受欢迎，除了我这种玩画画游戏和闻花香的，确实没见到有什么人像捡木棉花那样热情高涨地去捡鸡蛋花的。

鸡蛋花也是绝佳的装饰品，头发、脖子、耳边、手腕、餐盘、饮品杯边上，均可出现。一些热带国家将鸡蛋花串成花链迎宾，极富风情。墨西哥传奇女画家弗里达喜欢在头上戴着鲜花，也喜欢画花，她说，把花画下来，它们就永远不会凋零。但似乎没见过她头戴鸡蛋花的照片或自画像。

而当年舍弃繁华喧嚣的巴黎生活，远赴太平洋岛屿塔希提岛的法国画家高更，倒是画了戴鸡蛋花的少女，朴素天然，带着一股野性美。去过塔希提岛的人说：塔希提岛人把鸡蛋花叫高更花，因为高更特别喜欢这淡淡香味久久不散的花儿。高更墓四周，常年开着芬芳的鸡蛋花，也落满了鸡蛋花，总有人轻轻捡起新鲜的落花，放在他的墓碑上。

相比之下，虽然我更喜欢凡·高，但如果有一天能够去到塔希提岛，我也一定会去捡一捧鸡蛋花，放在高更的墓碑上，向他致敬。

满地都是六便士，他却抬头望着月亮。

鸡蛋花

来结人间一夏凉

“荷风送香气，竹露滴清响。”这诗句在夏天读着，都有一股清凉拂面的感觉。每年都盼着荷花开，然而花开了，一想到荷塘边围满了举着“长枪短炮”的人，再看看天上火辣辣的太阳，顿时打了退堂鼓。

周末的午后到人略少的麓湖公园走路，那里有两池荷花，一池是粉红的小荷初绽，娉娉婷婷；一池是洁白的花立水面，随风起舞弄清影。

都说“小荷才露尖尖角，早有蜻蜓立上头”，但我近旁的蜻蜓一直待在一根断了的花茎上。在我怀疑这个家伙是不是活物的时候，它的尾巴突然卷了一下，很快伸直，又一动不动了。仿佛只是为了告诉我一声：俺活着呢。

看过汪曾祺的小说《鉴赏家》，里面有这么一段：果贩叶三给画家季匋民送了一大把莲蓬来，季匋民一高兴，画了一幅墨荷，好些莲蓬。画完了问叶三如何，叶三说这画不对，“‘红花莲子白花藕’。你画的是白荷花，莲蓬却这样大，莲子饱，墨色也深，这是红荷花的莲子”。

可见，常识和观察很重要。

秋天，我又去看了麓湖的荷塘，青的莲蓬一支支立着或半弯着；褐色的那些，已经弯折，面朝水面，或者干脆沉到水里去了。满池曾经碧绿的荷叶，大多已显出清晰的叶脉，在风中翻飞时，那些时光刻下的印记，斑斓沧桑，倒是比满池荷花绽放时更丰赡华美呢。

荷花从水面清圆，菡萏初现，一一风荷举，到池上秋来，莲凋子成，明年又是荷叶田田清照水；荷梗枯瘦的傲骨，亦幻化成满池水墨的写意。荷开得尽兴，残得圆满，真是一生美到底。

我喜欢枯萎的植物，凋零的花。虽美人迟暮，却有着一种无人知的自在美。以前，天桥上每天都有一个小哥推着单车卖花。秋天来时我跟他订购一把莲蓬，第二天他就拿过来了。第一次插在花瓶里想自然晾干，结果莲蓬梗全弯下来了。后来又订购了一把，平放

* 荷花

*睡莲

着晾干，才有了弯曲有致的枯莲蓬。几位美编看到了，很是喜欢，我便如法炮制了几把分送他们。

远在人类出现以前的一亿零四千五百年前，荷花就在印度、中国等地的热带地区生长了。我国关于荷花的文字记载，最早见于《诗经》的“山有扶苏，隰有荷华”“彼泽之陂，有蒲与荷”。古时候荷花的别名有很多：菡萏、芙蕖、芰荷、芙蓉、藕花、水芸、泽芝、玉环等，现在只叫莲花、荷花了。在历代吟咏荷花的诗文中，我独爱“江南可采莲，莲叶何田田”这样自然灵动的句子。

除了百花的生日“花朝节”，据说江南一带俗传农历六月二十四日是荷花的生日。周瘦鹃说：“在前清时，每逢此日，画船箫鼓，纷纷集合于苏州葑门外二里许的荷花荡，给荷花上寿。”他也曾与妻子泛扁舟一叶，在万柄荷叶荷花中迤逦而过。他认为荷花生日虽说无稽，但比什么神仙生日风雅得多。

荷花位列佛教“五树六花”之中。印度佛像的像座以睡莲为主，而传到中国后，佛像的像座以荷花为主。荷花与睡莲非同类，只是花型相似。还有一点相似：早晨开放，午后闭合，次晨复开。唐段成式《酉阳杂俎》中说：“南海（广州）有睡莲，夜则花低入水。”广州现在公园有水的地方多有睡莲，我倒是一直没观察过夜里的睡莲，是否真的“低入水”。

有人说睡莲的花朵在夜间只会合拢，授粉之后才会沉入水下。有意思的是，不管水有多深，睡莲总能调整自己的茎部长度，然后恰到好处地把花朵托举出水面。

睡莲有很强的生命力和更长的花期，在欧美国家比荷花更为普及。莫奈在巴黎郊外打造了自己的睡莲池，画了一系列睡莲作品。

荷花、睡莲、王莲被称为“水中三杰”。王莲来自南美，是世界上最大的水生花卉。花会“变脸”，从白色渐变为淡红色至深红色；叶子巨大，背面交错的网状叶脉可以支撑叶子并提供巨大的浮力。华南植物园与云台花园都有王莲，花虽特别，我还是觉得叶子更好看。

王莲

『而向日葵则是我的』

凡·高曾经说过："你知道，芍药是杰宁的，蜀葵是科斯特的，而向日葵则是我的。"凡·高酷爱向日葵，在法国南部阿尔勒，创作了一系列向日葵作品。画向日葵的画家有很多，但提到向日葵，浮上脑海的，多是凡·高那些如火焰般燃烧的铬黄色花朵，就像说到莫奈，必然会想到睡莲一样。

1888年，凡·高在阿尔勒租了一座黄房子，计划建一个"南方画室"，里面挂满向日葵油画。他希望原始的或深浅不一的铬黄色闪耀在从孔雀蓝到宝蓝、各种以蓝色为基调的背景里，整幅油画嵌在橙黄色的细木条框里。在凡·高热忱的邀请下，高更来到了阿尔勒，创作了《向日葵花画家》，画的是正在画向日葵的凡·高。他高度认可凡·高的向日葵，认为凡·高已经找到了自己的创作主题及风格。

然而，他们很快就闹翻了。高更返回巴黎，凡·高住进了精神病院，之后自杀。他的朋友和追随者用绘有枯萎向日葵的油画来纪念他。高更收藏了凡·高的一幅向日葵，他后来出售这幅画，用以资助自己前往南太平洋的旅行。在塔希提岛高更种植了向日葵，在去世前的两年，他也画了向日葵。他一定会回想起阿尔勒的阳光。

凡·高的向日葵，仿佛是他自己诚挚而热烈绽放着的生命。我在荷兰的凡·高博物馆，看过他其中一幅向日葵。站在这幅原作前，我为那狂放的笔触、层层叠叠的色彩所深深震撼，每一片花瓣都渴望阳光，渴望生活。

凡·高的向日葵，已成为一个文化符号，以致今天看到的向日葵，总觉得灿烂得有些单调单薄。这些年的夏天，广州的海心沙宏城公园、海珠湿地，都会种一大片向日葵应季，街边花店也卖一种叫柠檬向日葵的鲜切花。那欣欣向荣、光芒万丈的样子，反而让人怀念起那

* 葵园

些线条扭曲、近乎干枯了的形象。

我见过秋天的向日葵，还挺立着的花朝着阳光，风过处，硕大的叶子像向日葵的手，跟着花头摆动；但大多已默默地垂下了头，花瓣开始稀疏甚至枯萎，熟透之前的花盘颜色非常丰富漂亮。相比它艳光四射的花样年华，我更爱它渐渐老去的容颜。

我喜欢吃生葵瓜子。以前母亲每年都会买来淘洗干净，放在温暖干爽的秋阳下晒干，然后等我春节回家时拿走。现在再也吃不到那样洁净爽脆香甜的瓜子了。我买过一个花盘回来，抠里面的葵瓜子吃，没有那种暴晒过的味道，不香。

向日葵原产北美洲，当地土著采集向日葵充当食物和药物。大约5000年前，野生的向日葵被培育成我们今天见到的样子。16世纪西班牙人航行到美洲，带回许多植物种子，向日葵是其中之一。18世纪初，俄罗斯的彼得大帝考察荷兰时把向日葵引入俄国，农民从葵花籽仁中榨出食用油后，从此全球遍植这种油料作物。

向日葵可能是由南洋传入中国的华南和华东的。明文震亨《长物志》首次使用“向日葵”这个名称。清沈青崖有《向日葵》诗：“满院秋风敛嫩黄，扣檠扪烛望恩光。踆乌万里谁知汝，犹是西倾倚夕阳。”民国以来西北、东北开始大面积栽种油用向日葵。去年夏天我去新疆旅游，在伊犁路过大片大片的向日葵田和红花田，红花开得正好，向日葵还在骨朵阶段，没能大饱眼福。

向日葵的花序和雏菊、蒲公英一样，由中间的一群筒状小花和周边的舌状花组成，种子数量呈螺旋状递增。向日葵不仅形状像太

• 向日葵

阳，花盘也追随着太阳。向日葵的向光性主要在发芽到花盘盛开这段时间，花朵面向东方升起的太阳，追随太阳的运行，最后面向西方。夜晚又慢慢转向东方，再次开始循环。即使在阴天，转动也是这个模式。它的茎有对光敏感的细胞，可以“看”到阳光，茎生长的方向带动着花转动的方向。花盘成熟后，就会低下头不再转动。

向日葵是希望的象征。与孩子相关的事物，总爱用向日葵作图标；它被用来除去被污染的土地和地下水的化学物质，如切尔诺贝利禁区种了大约1000平方英里的向日葵，以这独特的方式让人们看到希望。

水边的彩虹女神

鸢尾花的希腊名 *iris* 来自古希腊神话中的彩虹女神爱丽丝（*Iris*），她是引导逝者的灵魂沿着彩虹桥到天堂安息的使者。鸢尾花有红、橙、蓝、紫、白、黑各种颜色，恍若彩虹。

最早栽培鸢尾花的是古埃及人，埃及神庙上的“生命之树”就出现了鸢尾花的图案。我国常见的初夏开花的蓝紫色鸢尾花，是从国外引进的，但我们以前栽培过乌鸢、蝴蝶花、玉蝉花、花菖蒲、唐菖蒲等鸢尾类植物，南北朝人的花园里就出现了以老鹰的尾巴命名的花——鸢尾。

我至今分不清它们的种类，只好统一称之为“鸢尾花”，除了“唐菖蒲”，因为它就是广州最常见的剑兰。剑兰不是兰花，只是因为叶子长得像长剑，被大家叫作“剑兰”。很多年前剑兰是跟蔬菜摆放在一起卖的，人们买菜的时候顺便捎上一把。大学毕业前我曾到广州第九十七中学实习，下课后就在菜市场买一把剑兰带回宿舍。现在剑兰出现在花店和年宵花市上。

鸢尾花通常种在水边，广州的很多公园和湿地公园，都能见到它们的身影。虽然被喻为彩虹女神，颜色艳丽但并不张扬。真正的3片花瓣向上翘起，外面半翻卷的3片其实是萼片，比花瓣更漂亮，颜色的搭配渐变、纹路的排布和点缀既有序又丰富，那中间的痕迹是引导传粉者来到花蜜花粉地方的“指路牌”。花的寿命只有一天，但整株会持续开花。在广州这么温暖的地方，花期很长。

鸢尾花是法国的国花。正因为此，很多人认为象征法国王室权力的纹章是鸢尾花，历代王朝的铸币、皇冠、权杖等，都将这纹章作为装饰。今天在微信上打出“鸢尾”两个字，也会出现纹章的图案，人们更深信不疑了。但纹章其实是“金百合花”或“法兰西百合花”。

鸢尾花

19世纪，鸢尾花在欧洲是作为经济作物种植的，鸢尾的根茎削皮、晒干后可以卖给香水厂提取香精。欧洲很多画家画过鸢尾花，包括凡·高。《阿尔勒的景色》前景就是鸢尾花花田，散发着静谧的乡野气息；在离世前的1889年，他在法国圣·雷米精神病院住院期间画的《鸢尾花》，画中的花朵像一只只形状各异的蓝蝴蝶，灵动起舞，有人看到躁郁的情绪，我反而感受到他的宁静，暗含一丝忧伤。这幅画我在洛杉矶的保罗·盖提艺术中心看过，是世界上最昂贵的十幅画之一，也是保罗·盖提艺术中心的镇馆之宝。1890年凡·高离开精神病院前又创作了两幅花瓶里的鸢尾花，色彩柔和。莫奈也画过鸢尾花，花枝摇曳伸向天空，有着梦幻般的氛围，不像凡·高的那样热烈奔放。

终生爱花的英国艺术家、植物学家塞德里克·莫里斯，于1964年七十多岁时画下了《几种创造》，这“几种创造”，其实是画家用几十年培育出的、具有高度独特性的高型有须鸢尾。他笔下的鸢

鸢尾花

*美人蕉

尾有着生机勃勃、略稀有的色彩，既有着莫奈的浪漫和梦幻，也有着凡·高的蓬勃和浓烈。

同样长在水边，夏天开花的，除了彩虹女神，还有另一个“美人”，就是清与艳兼而有之的美人蕉。美人蕉原产两广和福建一带，因花色殷红，故最初被称为“红蕉”。又以花美艳，乃名美人蕉。唐白居易《东亭闲望》有“绿桂为佳客，红蕉当美人”的诗句。

现在的美人蕉有从美洲引进的，不止殷红色，还有粉色、黄色、橙色、白色，甚至杂色，品种也多。我们看到的灿然夺目的“花瓣”其实是雄蕊，它长得比真正的花瓣还妖娆，而花瓣并不显眼。美人蕉水边常种，路边也有，五颜六色，漂亮程度与彩虹女神差不了多少。但又平凡常见到你不会多看它一眼，所以我如汪曾祺一样“感到一种特殊的、颜色强烈的寂寞”。

美人蕉几乎四季都开着花，它还有一个别名叫“百日红”，与小叶紫薇共享一个外号。

今来想颜色，还似忆琼枝

第一次在晓霞的朋友圈见到这种花，觉得很特别。又看到阿布妹拍早晨的满地落花和夜晚花盛放的样子，就不但惊艳而且好奇了，问她在哪里可以看到这些花。她和她先生直接来接我和波波姐直奔生物岛，夜访这种神秘的花。

这花叫红花玉蕊，晚上开放，清晨尽落。

到了种满红花玉蕊的那条路上，一下子就闻到了浓郁迷人的花香。微风习习，吹散了白天的燠热，远处偶有几声狗吠声，夜更显宁静。

红花玉蕊的大叶子簇生于枝顶，花序很长，花就缀在花序上。四枚花瓣很容易被人忽略，因为长长细细的红色花蕊太夺人眼目了，它们散漫而恣意地伸展着，仿佛在享受夜晚的凉风。一些花序边开花边结果，果实成熟后是漂亮的紫色，到时又将是另一番景观。

这一串串朱红花蕊，远看像珠帘一般在晚风中摇摇摆摆，香味一缕一缕地飘散出来；近看又像夜空中绽放的一朵朵烟花，点燃了这个仲夏夜。一些白色的昆虫在花叶间飞来飞去。树根下面散落着小小的褐色颗粒，那是早晨落花经过一天阳光炙烤后的样子。

玉蕊花是夕颜花，午后开始慢慢绽放，晚上越开越灿烂。想来，在落日下等一朵花开的感觉，应该很特别。如果蹲守一夜，从烟花初绽看到美人迟暮，不知会是怎样一个惊心动魄的过程。花开花落，就在日落日出这几个小时间。

红花玉蕊主要分布在热带亚热带地区，我国台湾、广东、海南有产，是典型的“虫媒花”。由于白天气温高，昆虫很少出来活动，红花玉蕊便选择在晚上开花；又因红色在黑夜中不显眼，故散发出浓郁香气，招引夜间觅食的昆虫来传粉。

去年夏天照例又与阿布妹去了生物岛看红花玉蕊。我们把每一棵花开繁盛的树360度都拍遍了。就差俯拍了，阿布妹甚至生出爬上树去拍的疯狂念头，最终在我们的恐吓下放弃了。附近有个工地，泥头车隔几分钟就轰隆隆地开过来一辆，但丝毫不影响我们的兴致。一群下夜班的工人走过来，队尾的人走过我身边，突然大喊一声：“效果怎么样？”我不假思索大声答道：“非常棒！”大家都愉快地笑了起来。

听说珠江公园还有粉色的玉蕊，第二天吃过晚饭便和先生直奔珠江公园。拢共就三四棵树，但花开得极新鲜，芳香袭人。花有白色的，也有粉色的，花蕊有点虬曲，迸丝溅玉般伸展，像头发微卷、粉雕玉琢的可爱小姑娘。这花叫梭果玉蕊。我发了一段视频给阿布妹，她立马让我发定位。

离关门还有半个多钟头，她和先生终于赶来了。第二天，波波姐问从哪个门进。玉蕊的魅力，谁抵挡得住呢！每次看玉蕊，我们都煞有介事，可能就缘于这树像蓝花楹一样，广州栽种得不多。

传说玉蕊可是唐代的盛世名花，是唐玄宗之女唐昌公主亲手栽培，与崇敬寺的牡丹、鹤林寺的杜鹃并称三大“国花”，而最为稀有的玉蕊仅在唐昌观、集贤苑及翰林院等宫苑内有栽植，只有贵族才能欣赏得到。

经过战乱后，玉蕊树渐渐消失。也因此，吟咏玉蕊的诗句，多出自唐代一些著名诗人如白居易、刘禹锡之手，两宋以后，玉蕊在诗文中就鲜见了。

也有人认为，古人说的玉蕊未必是今天的玉蕊。清陈淏《花镜》里提到玉蕊：“玉蕊花向为唐人所重，故唐昌观有之，集贤院有之。”然而我一看图片和注解，却是鸡蛋果，又叫紫果西番莲。这更让人疑惑了。看来只有方家能破解这一悬案了。

也曾在夏夜里守候过昙花开。结婚那年，同事唐老师送了我一盆墨兰和一盆昙花。昙花即将开放的夜晚，我们郑重地把花盆搬到室内，呼朋引伴，守候在旁。仿佛延时摄影一般，花瓣一点一点打开，一朵又一朵玲珑剔透地呈现在眼前，满室清香，美得让人一时手足无措。然后渐渐委顿，一夜间道尽了生死。

这些“夕颜花”暮开朝落，香消玉殒如时光流年，抓不住一丝花蕊。叹息的是我们，它们才不管，开落如常，简单直白。生命因为脆弱而格外美丽，又因为美丽而格外值得，哪怕只有一刻绚烂。

* 红花玉蕊

秋

西风裹得胭脂色，偏与篱东木槿花

荣落在朝昏

《礼记》曰：“夏至到，鹿角解，蝉始鸣，半夏生，木槿荣。”物候总能与草木心心相印。

这时候，公园里或路边，一棵棵小小的树上开满了粉红色的花朵。是木槿。这温柔细腻的粉红，真像少女脸上的红晕。《诗经·郑风》中的“有女同车，颜如舜华”“有女同行，颜如舜英”，“舜华”“舜英”指的就是木槿花。姑娘的美丽就好像木槿花绽放。

“舜”也通“瞬”，转瞬即逝，道出了木槿花的特点。木槿原产于中国，古称蕣（舜），白色花称椴，红色花称榇，又名日及，即花期只有一日。《庄子》的“朝菌不知晦朔，蟪蛄不知春秋”中，“朝菌”“蟪蛄”也如朝开暮落的木槿花般，自是不能知晓日月盈仄朔望的嬗变。木槿令历代多愁善感的诗人惋惜感慨，如唐白居易的“中庭有槿花，荣落同一晨。秋开已寂寞，夕陨何纷纷”，李商隐用“风露凄凄秋景繁，可怜荣落在朝昏”来喻女子的红颜易逝。

虽然“槿花不见夕”，然而“一日一回新”。正是木槿花旧花凋新花出，可以从夏至一直开到霜降，更多人赞美这层出不穷、连绵不绝的精神。也正因此特点，木槿在韩国被称为“无穷花”，还成了韩国国花。

木槿花有单瓣的，有重瓣的。颜色有粉红、紫红、紫蓝、乳白等。我没见过蓝紫色的，想来一定美得空濛梦幻。木槿的花可食可泡茶，木槿的叶子揉碎泡水里可擦出丰富的泡沫，可以洗发，柔顺清凉。我没吃过花也没用叶子洗过头，倒是小时候阳光灿烂的日子，母亲会摘几片柚子叶，与茶枯一起烧水给我洗头发，洗得我一头的润滑黑亮，一头的飘香。

与木槿长得像的还有同是锦葵科的黄槿，我在海珠湖公园见到过。黄槿树木高大，枝繁叶茂，不太容易发现藏在树叶间的点点黄花。黄槿有一种内敛和含蓄的韵味，鹅黄色，不染纤尘，纯净无瑕；花瓣丝

木槿

* 樟叶槿

质一样纤柔，薄若蝉翼；每片花瓣侧身叠旋，线条优美，花朵素雅，到了下午会慢慢变成橙色，花纹也更为深刻。我在生物岛捡拾过落花，还被泰哥作为前景为我和阿布妹、颖美人拍过落日照。

而与黄槿长得很像但花朵更大一点的是樟叶槿，因叶子形似樟叶而得名。黄槿的叶子是心形。樟叶槿的花心紫黑色，黄槿的花心是暗红色，这是最简单的区别。

这些花的一天便是一生。极短暂，却极美丽。因为有这样的“朝颜花”，唐诗人岑参在《蜀葵花歌》中才会咏叹道：“昨日一花开，今日一花开。今日花正好，昨日花已老。”比喻人生苦短。

与木槿同科的蜀葵花长得也似木槿，但比木槿华丽得多，打个不太恰当的比方，如果说木槿是个不施粉黛的少女，蜀葵则是浓妆艳抹的妇人。清陈淏《花镜》中描述：“花生奇态，而色有大红、粉红、深紫、浅紫、纯白、墨色之异。好事者多杂种于园林，开如绣锦夺目。”可见当时的色彩已经够丰富了，今天见到的有过之而无不及。古人喜欢用植物花草制作纸笺，吟诗唱和，书信往来。蜀葵叶子就是很好的材料，可制成有名的葵笺，可惜现在看不到这样的纸笺了。

蜀葵有时在华南植物园大门左边就种一大排，进门后迎面又有几排。但人们最多扫一眼便直奔园中的奇花异草去了。所以即使“能共牡丹争几许”，也“得人嫌处只缘多”。其实不算多，其他公园并不怎么栽种。倒是在郊外，比如去吃农家菜时，会与蜀葵偶遇。

有一年秋天在野外，看见几枝黄蜀葵，恰如唐崔涯写的“野栏秋景晚，疏散两三枝。嫩碧浅轻态，幽香闲澹姿”。黄蜀葵又叫秋葵，但它的果实不是我们吃的那种秋葵。因为花心有点像豹子的眼睛，又叫豹子眼睛花。它的独特价值是茎皮里含的黄蜀葵胶，可提取天然的食品添加剂，用于冰激凌的增稠。

美观平凡、结实茂盛的木槿类，本来就是传统的篱笆植物，五代孙光宪就有“茅舍槿篱溪曲，鸡犬自南自北”的词句。在田边溪畔、屋舍前后，在野外的风中开落，便是田园风光的一部分。

如果我们遇见，就是正好。

* 蜀葵

朝朝频顾惜

上大学时，听过刘文正的《兰花草》，歌词是改自胡适的一首叫《希望》的白话诗，简单直白动人。歌里面的兰花草，到底是什么植物呢？我一直认为就是兰花中的随便哪一种。

后来认识蓝花草，查了一下“植物智”，说它别名有翠芦莉、兰花草、狭叶芦莉草。

蓝花草原产墨西哥，中国华南地区因气候环境类似，率先引种栽培。在广州马路边的隔离带、公园、小区，处处有蓝花草的身影。它其貌不扬，只有到该开花的时候，突然就开出粉色或蓝色、紫色、白色的小花来。花开完一朵又一朵，狠狠地刷着存在感，似乎在说：“嘿，别以为我只是草，我的花一样让你惊艳。”

我家楼下就有一片蓝花草，摇摇曳曳的，蛮好看。一天下午出门，突然想拍几张照片，便停下了脚步。在我盯着两朵花正在对焦时，其中一朵花悄无声息地滑落了。

我知道蓝花草是“朝颜花”。以前早上出门，总是匆匆打个照面，那正是它们最美丽的时分，我却没空驻足；晚上回来只能看见落花了。现在，一朵花在我的镜头里突然消失，让人产生了虚妄感。

在我拍照的这十多分钟里，枝头上的花在慢慢消失，只剩下几朵了。我心生一念，拿出手机，拍下了一朵花辞枝的过程。我居然耐心地等一朵花落。这是前所未有的，我终于有机会把时间浪费在这无用的事情上了，心里却是平和宁静的喜悦。到下午4点半左右，花都落得差不多了。

这朝开暮落的花，是歌中唱的兰花草吗？

有人认为兰花草是鸭跖草。这草在城市里不常见，但乡下山坡、草地、田边、路边、水畔多的是。我在番禺一个有山有水的休闲地方见到过。那是秋日，阳光甚好，这一片小小的蓝色野花蹁跹开着，

* 蓝花草

像蝴蝶在林间飞舞。它跟蓝花草一样，早上开花，下午枯萎。

日本作家德富芦花称之为“露花”：“这种花寿命短暂，开放在有露的时候。”“那质脆、命短、色美的面影，正是人世间所能见到的一刹那上天的消息。”

明李时珍形容它“花如蛾形，两叶如翅，碧色可爱”。花碧色，叶似竹，故又有碧蝉花、竹叶菜等别名。宋杨巽斋写过《碧蝉儿花》：“扬葩簌簌傍疏篱，薄翅舒青势欲飞。几误佳人将扇扑，始知错认枉心机。”说的是篱笆旁的碧蝉花开了，青蓝色的花瓣像飞虫正在展翅，佳人想用团扇把虫子扑倒，结果发现是朵花。鸭跖草有三片花瓣，像翅膀的是两片大花瓣，下面还有一片小的白色的花瓣。

鸭跖草花瓣的青蓝色非常特别，古人用来作染料。李时珍《本草纲目》记载：“巧匠采其花，取汁作画，色及彩羊皮灯，青碧如黛也。”宋董嗣杲亦有“分外一般天水色，此方独许染家知”的诗句。

有一种跟鸭跖草“撞脸”的花，叫饭包草。这花更小，小到要凑很近才能发现。它的枝蔓大部分匍匐在地上，翠绿色的叶子上面点缀着小花朵，星星点点的。饭包草的名字很土气，但开出来的花却灵秀清纯，就是小号的鸭跖草。

饭包草的花很有意思，总苞片里的两枝花序，分工明确。长的那枝楚楚动人，负责“招蜂引蝶”；在总苞片边缘处的那枝半隐半露，负责“传宗接代”。饭包草还有一个“特异功能”，能自己产生种子，不仅可以就地生根发芽，也可以被路过的动物带到很远的地方去安家落户。这种“双保险”的繁衍方式并不多见。毫不起眼的野草有着超拔的大智慧。

除了蓝花草、鸭跖草，还有人认为兰花草是绶草，它因花序像绶带而得名。绶草是兰科家族中的一员，是中文正名里唯一以草命名的兰花，属于濒危野生植物，我国二级保护植物。它拉丁语叫“螺旋的花”，英文名为“女士的辫子”，日文则是“扭曲的花”，都非常形象。一枝纤细的花梗上，小小的花如旋转楼梯般密集排列，可爱又妖娆。我没见过真花，但见到照片时被它的姿态打动，于是临摹了两根。

后来听说花城广场广州大剧院前面的草地上有绶草，专门去找寻，没找到。

绶草在《诗经·防有鹊巢》中已经出现，“邛有旨鹝”，“鹝”即“虉”，意思是“哪见过山上长绶草”。

那么，这古老的绶草，会是兰花草吗？

◦饭包草

◦鸭跖草

淡淡的蓝，淡淡的忧伤

我偏爱蓝色系的花，幽静神秘，带着一丝淡淡的忧伤。

比如牵牛花，我喜爱的颜色与郁达夫一致，他在《故都的秋》里写：“说到了牵牛花，我以为以蓝色或白色者为佳，紫黑色次之，淡红色最下。”

牵牛品种很多，有圆叶牵牛、西洋牵牛、日本朝颜和宿根牵牛等，颜色也丰富。小时候在乡下，我们都叫它喇叭花。牵牛花可以从夏天开到深秋。不管是孤零零的一朵还是开成一片，我都喜欢，简约俏丽，朝夕之间，也拥有过绚烂的一生。

牵牛花是真正的闲花野草，乡下田间地头、竹篱笆上、菜园子里，处处皆见。我国古代诗人所吟咏的牵牛花，全都在野外院落，如宋陈宗远“绿蔓如藤不用栽，淡青花绕竹篱开”，元末明初倪瓒“弱质幽姿娱我老，傍人篱落蔓秋花”。在城市的植物园、湿地公园里，牵牛花只是作为带着一点野趣的背景而存在。至于路边绿化带和花坛里五颜六色的矮牵牛，只是花与牵牛相似，它们不是亲戚。

牵牛花原产于美洲热带地区，南北朝时引入我国，其中文名字来自一个传说：一农夫因服用牵牛花种子治好了顽疾，便牵着牛去酬谢医生。那时药还未被命名，于是就叫“牵牛”了。农历七夕节是传说中牛郎织女鹊桥相会的日子，天上有牵牛星和织女星，牵牛星俗称“牛郎星”。又传牵牛花是牛郎所化，花是织女为牛郎所织之布衣。天上人间被巧妙地串联起来了。这传说给长于野地的牵牛花，蒙上了一层伤感的色彩。

牵牛花被遣唐使带到日本后，因晨开暮谢，被叫作“朝颜”。在日本，牵牛花成为重要的观赏花卉，十分受欢迎。在日本文学中也常出现，除了《源氏物语》，还有松尾芭蕉的“门前的墙根开着牵牛花，锁着门”，金子美铃的“靛蓝染料新新的味道，闻着浴衣袖子，我好高兴啊”。

不知道金子美铃的“靛蓝染料”与牵牛花有什么关系，但古时的日本，“朝颜”也指木槿以及颇似牵牛花的桔梗。桔梗在日本文学中，是可以做染料的。安房直子有一篇童话叫《狐狸的窗户》，写的是一个猎人迷路了，眼前是一片蓝色桔梗花田。他追着一头白狐狸，忽然被甩掉了。这时身后传来了招呼声，一个穿着围裙的小店员站在一家挂着“印染·桔梗”招牌的店铺门口，猎人一看就明白，那个小店员是狐狸变的。狐狸用四根染蓝的手指组成一个菱形的窗户，架在猎人眼前。猎人从窗户里看到了狐狸妈妈。狐狸说：“妈

妈很早以前被枪打死了。后来，也是这样的秋天的日子，风刷刷地吹着，桔梗花齐声喊道：‘染染你的手指头吧，再组成窗户吧！’从此我就再也不寂寞了，因为从窗户里，我什么时候都能看见妈妈。”猎人也染了手指，他从窗户里看到了自己家的院子，家里点着灯，传出两个孩子的笑声，一个是他，一个是死去的妹妹。猎人很悲伤，因为那院子早就被火烧掉了。猎人把枪作为报酬给了小狐狸，回家去了。他想永远珍惜这手指头，可惜回家他就洗了手，一切都完了。他一连好几天都在林子里徘徊，但再也没有出现那片桔梗花田，也再没看见那头小狐狸。

这个故事我在妈妈去世后一读再读。我也想拥有一个蓝色窗户。

可惜，桔梗花我都只在植物园里见到过几朵，更不用说花田了。

至于花店里的洋桔梗，跟桔梗没有关系。它原产北美，引入我国时间不长。重瓣的洋桔梗有点像玫瑰，但拥有玫瑰所没有的蓝紫色。

原产于墨西哥、中美洲等地，引种后瞬间走红的蓝色花——蓝花藤，我也是极喜欢的。广州紫藤不多见，但特别适合种枝蔓茂密、花朵绰约的蓝花藤。蓝花藤的花由深浅两部分组成，浅色细长星状的是花萼，中间深色的才是花冠。花萼初放时是蓝紫色的，慢慢变成蓝色、浅蓝色、白色。花萼花瓣交错相叠，深浅相衬，十分雅致。花萼掉落后可以做成花环，因此又被称为“紫色的花环”“皇后的花环”。

花冠掉落，一串串星状花萼从白色变成浅绿色甚至褐色时，时间的划痕过于清晰，真的让人感到一丝淡淡的忧伤。

蓝花藤

暗暗淡淡紫，融融冶冶黄

“暗暗淡淡紫，融融冶冶黄。陶令篱边色，罗含宅里香。”这是唐诗人李商隐写菊花的诗句，指的是传统意义上秋季开花的菊花，并不是广义地泛指菊科植物。但前两句用来形容各种颜色、四季皆花的秋英，也是很合适的。

我最早见到秋英，是在夏天的青海，一家餐馆门前，几株高高的蜀葵，开着绚烂的花；一片秋英，在高原灿烂的阳光下，美艳得很。那时并不认识这花，听人说叫格桑花，便以为这是属于高原的花，藏区的花，及至在广州花城广场、二沙岛、海珠湿地、宏城公园，以及路边隔离带，处处看到这一片片姹紫嫣红的花海，才知道这花叫秋英。格桑花是藏区的叫法。

传说很久以前，藏区爆发了一场瘟疫，人们在痛苦地死去。一天，一位来自遥远国度的活佛途经这里，利用当地的一种植物治愈了大家。为了给百姓治病，活佛积劳成疾，不幸仙逝。由于语言不通，人们只记得他把用来治病的植物叫作“格桑”，便称他为“格桑活佛”。此后在藏区，所有象征希望和幸福的美好事物也被称为“格桑”，草原上美丽的花便称为“格桑花”，包括高山杜鹃、金露梅、雪莲等高原上生命力顽强的野花。

秋英也叫“张大人花”，名字来源于曾任驻藏帮办大臣的张荫棠。广东人张荫棠，是清朝最后一位，也是民国时期首位驻美国公使。据传1906年光绪帝派张荫棠赴西藏任职，因为爱花成癖，张荫棠进藏时带了一包秋英种子，将花种分送给当地的官员和僧人，撒播在庭院和寺院中。没想到秋英生命力极强，且花瓣美丽，颜色多样，竟在高原开出了烂漫花海。藏人不知道这花的原名，只知道是张大人带来的，便称这花为“张大人花”。

* 硫华菊

秋英

秋英又名波斯菊、大波斯菊，菊科秋英属，原产墨西哥。据说波斯菊传到欧洲后，少女给情人写信，会同时寄去一朵波斯菊，因此波斯菊被赋予了少女的爱与纯洁的寓意。中国自南往北广为种植。

我在广州第一次看到波斯菊花海，是在春天的海珠湿地，花们疏疏落落地与遍地璀璨的黄金菊在一起，美丽而不娇艳，柔弱却不失挺拔。我喜欢它纤瘦细长的茎，撑着妆容精致的花朵，有风时随时摇曳起舞；喜欢它细碎青翠的叶，变化万千丝丝精巧，与花比毫不逊色。从花海里跳脱出来，每一朵都美到骨子里，显出别样的魅力。

还记得冬天的一个午后，与老虫子徜徉在二沙岛那片波斯菊花海里。花朵们逆着光，透明的花瓣秀雅清美，长长的花茎摇摇晃晃。老虫子难得耐心地让我给她拍着照。小时候她让你随便拍，初中高中就不愿意了，直到上了大学，才勉强配合一下。再大一点，天各一方，即使想拍也机会不多了。她自己也挺后悔，说少年时应该多拍点照片的。所以给孩子拍照要趁早，特别是女孩子。那天的花儿静放，阳光猛烈，因为太美好，至今仍历历在目。

由波斯菊与其他种自然杂交而来的硫华菊，又名黄秋英、黄波斯菊，近年来也成为新宠，特别是在秋季，海珠湖公园或湿地公园一种就是一大片，搞得广州仿佛真有个金灿灿的秋天似的。

硫华菊花比波斯菊小点，颜色也少点，然而因为株形凌乱，自带一种野性美。

曾记花前，共说深深愿

南方的城市，一到秋天，都会在公园搞个菊展。我去黄花岗公园看过，菊展上的品种不算太多，但也足以让人眼花缭乱了。我原先并不喜欢看菊展，各种人工造型，远不及在野外随便看到一丛野菊那么清新可人。但后来慢慢不抗拒了，菊展的菊花正如比利时作家莫里斯·梅特林克说的那样："它们的花瓣陷入了意乱神迷的疯狂，用尽全力，用谜一样的形状和色彩来装扮秋季。"

菊科菊属目前在世界上已有30000多品种，我国约有4000种，所以这里写的，只能是笼统称之为"菊"的花了。当然，一些菊科的花也另辟有专章，如秋英。

菊花开在花木凋零的秋季，因为"拒霜"被文人墨客尊为花之君子，唐元稹《菊花》诗曰："不是花中偏爱菊，此花开尽更无花。”菊不与百花争艳，故又被视为高洁的象征，明朱淑真《黄花》有句：“宁可抱香枝上老，不随黄叶舞秋风。”深秋萧索，也容易产生离愁、孤独的情愫，宋有晏幾道的“黄菊开时伤聚散。曾记花前，共说深深愿。重见金英人未见。相思一夜天涯远”和李清照的“帘卷西风，人比黄花瘦”的词句。

至于大家最为熟悉的“采菊东篱下，悠然见南山”，则成了文学典故，饮酒赏菊是雅事，菊亦成为花之隐逸者。《红楼梦》里林黛玉魁夺菊花诗“绕篱欹石自沉音”“口齿噙香对月吟”，其超脱冷清疏离，多少有点陶渊明的脉络在。

菊在广州不仅仅在秋天开放。去年春天在云台花园就看到一片非洲菊，那颜色和花纹的丰富和排布，令人惊叹。花店更是四季都有菊花，我喜欢买洋甘菊之类花瓣小小的菊花，一是喜欢那花香，二是花很耐放，即便枯萎了，还可以看一阵子。这些小朵的菊花，都是近代才从欧洲引进的品种。

* 木茼蒿

菊花

野生菊花在亚洲和欧洲都有分布，但中国最早人工培植菊花。两千多年前的《礼记》中就有“季秋之月，鞠有黄华”的记载，“鞠”是菊花的古称，“黄华”“黄花”成为菊花的别名。汉代人认为菊花有延年益寿的功效，成为药用植物，故又名“寿客”。唐代菊花已是园林中的常见品种。北宋出现了第一部菊花专著《菊谱》，收录了 36 个品种，明清时已经有 200 个左右了。

菊花唐初经朝鲜传入日本后，成为一种神圣的花，日本后来有菊花王朝，菊花花纹既是天皇家徽，也常用于工艺设计。1789 年，在广州、澳门做生意的一位商人把菊花的三个品种带到法国，获得欧洲人的青睐。19 世纪英国植物学家从中国、日本引入菊种，培育出来的英国菊花，是当时最流行的花木之一。欧美人对菊花的寓意有不同的理解，比如美国人视为祝福，比利时、奥地利、意大利则用在葬礼上。

我们现在很少用菊花来贺寿，尤其是白色的菊花，更多用于祭奠，以致人们都不太敢用菊科的其他花来表达其他情感了。

有一年西方情人节，老虫子说想发一枝手绘花在朋友圈，我把我画的几枝雏菊发给她，她很惊讶。我说雏菊原产地在欧洲，英国诗人华兹华斯曾描绘它“花朵犹如满天的繁星”；小姑娘会一片一片地摘下雏菊花瓣，默念“他爱我，他不爱我”，卜算有没有人暗恋自己。法国作家缪塞也写过一首名叫《雏菊》的诗：“我爱着，什么也不说，/只看你在对面微笑；/我爱着，只要我心里知觉，/不必知晓你心里对我的想法；/我珍惜我的秘密，也珍惜淡淡的忧伤，/那不曾化作痛苦的忧伤；/我宣誓：我爱着放弃你，/不怀抱任何希望，但不是没有幸福；/只要能够怀念，就足够幸福，/即使不再能够看到对面微笑的你。”

所以，雏菊当然适合情人节。

战国屈原《离骚》“朝饮木兰之坠露兮，夕餐秋菊之落英”，开了吃菊花的先河。魏晋时插茱萸登高、喝菊花酒、赏菊花成为重阳节的习俗，并延续至今。

今人吃菊最常见的是杭白菊泡茶。我说过在云南吃花并不美味，但菊花算是一个例外，在蒙自吃过桥米线时，抓一把菊花花瓣撒在汤面上，光是色相就已经让人馋涎欲滴了。

* 蒲儿根

淡红衫子天然艳

在北京看到高大的西府海棠和垂丝海棠之前，我一直认为海棠就是那种我见惯不怪的，躲在阔大叶子下羞涩地开着的小小粉红色花朵；一直以为李清照“试问卷帘人，却道海棠依旧”的海棠，也是那种瘦小羸弱的海棠。后来才知道，我见到的，是秋海棠，因其花色若海棠，入秋花盛，故得名，除此之外与海棠八竿子打不着。我真是孤陋寡闻。

秋海棠俗名无名相思草、无名断肠草。相传秋海棠初无花，因女子怀人不至，涕泣洒地，遂生此花，故名断肠草；海棠叶背面的红纹，也是血泪所染。这样，秋海棠就是妥妥的相思和悲秋的象征了。

历代文人骚客也多取其断肠意，清尤侗《点绛唇·秋海棠》中有“恰似伤秋，倚徙湖山遍。怜谁伴。重帘不卷。有个人肠断”的词句。民国作家秦瘦鸥的小说《秋海棠》，写的也是一个令人伤感的悲剧。就连鲁迅讽刺一个“怀着大愿”的“人物”，也要用秋海棠去衬托他的病恹恹。鲁迅《病后杂谈》是这样写的：“另一位是愿秋天薄暮，吐半口血，两个侍儿扶着，恹恹的到阶前去看秋海棠。这种志向，一看好像离奇，其实却照顾得很周到。……‘吐半口血’，就有很大的道理。才子本来多病，但要‘多’，就不能重，假使一吐就是一碗或几升，一个人的血，能有几回好吐呢？过不几天，就雅不下去了。”

大学时，看到某个人“酸”，便拿“吐半口血”和“秋海棠”去揶揄他。及至我在北京没吃早餐就兴冲冲跑去海棠花溪看花，没料到那么大一片花海，终于走完，虽没吐半口血，但已经饿得两眼直冒金星了。想起自己看完海棠，迈着发飘的双脚到处去寻找吃食，对照鲁迅的这段话，兀自在路上笑了半死，虽然此海棠不是彼海棠。

秋海棠属植物有秋海棠、竹节秋海棠、丽格秋海棠、中华秋海棠，无论哪个品种，均叶秀花雅，很漂亮的。但现在多被种在路边

* 秋海棠

当隔离带，或成为盆栽挂在栏杆上，本来娇滴滴的样子常常灰头土脸。也好，没有了哀哀切切、弱不禁风的感觉，倒像乡下在田野里疯跑疯跳的小丫头，蓬头垢面却充满生机和活力。

同样的，很经得起仔细审视的千日红、醉蝶花，也常常作为隔离带出现，特别是醉蝶花，长得那么精致复杂，一丝不苟，却只在郊外的大公园和云台花园看见过它被郑重对待，一种就是一大片。

有一次在植物园，志愿者郭老师带我们去看朱顶红，我之前总有点嫌弃朱顶红过于俗丽，没想到有很多清新的品种，比如正红色的“混洋猪”，黄色的“黄色经典”，粉白色的“红海翻浪”，白色的“白雪公主”，粉色的“粉红佳人”，还有蓝色的“孔雀宝贝”，真是大开眼界。

就在这一片绚烂的朱顶红中，有几株秋海棠在开放。郭老师说：“你们知道吗？秋海棠的花像人一样，也是分男女的哦。”这引发了我的兴趣。郭老师指着花跟我们说其实很容易分辨，穿着“裙子”的是“女孩子”，不穿“裙子”的是“男孩子”。我仔细一看，果真是这样的，一个枝头的花中，有的“女孩子”穿着大红色的“裙子”，有的穿着绿色的“裙子”。原来一枝花中长着雌花和雄花，难怪我画秋海棠的时候，不明白为什么有的花那么长，没想到是“女孩子”的“裙子”。

父亲喜欢种秋海棠，这也是我从小就熟悉这种花的缘故。现在天台上的那几盆，是四季秋海棠，不管我什么时候回家，都能看到小小的很有质感的粉色花挺立在枝头，或躲在叶子间。春天最甚，一朵接一朵地开，没有停歇的意思。

朱顶红

天风摇曳宝花垂

知道凌霄花，是读舒婷那首《致橡树》的诗，其中有句：“我如果爱你，／绝不像攀援的凌霄花，／借你的高枝炫耀自己。”对凌霄花的贬损一目了然。

凌霄花是紫葳科凌霄属的藤本植物，生来如此，必须攀附于支撑物方可生存，但把自然物人格化是古今中外的文化传统，我国借花木比喻人从《诗经》就开始了，故文人墨客常因凌霄的攀援特性讽刺其如小人，如唐白居易：“托根附树身，开花寄树稍。自谓得其势，无因有动摇。”

当然，也有人赞美它谦逊不居功以及如“盘升之龙”直上云霄的豪气，如宋贾昌朝《咏凌霄花》：“披云似有凌霄志，向日宁无捧日心。珍重青松好依托，直从平地起千寻。”

凌霄在宋代已经作为庭院观赏藤本。后世很多学者依据宋朱熹《诗集传》的注释，将《诗经》中《小雅·苕之华》中的“苕”解释为凌霄，但也有学者如汤欢就考证认为，“苕”不是凌霄花，应该指鼠尾草。

古人所见的凌霄原产于中国和日本。我们今天见到的凌霄花，多是由中国凌霄与来自美国的厚萼凌霄杂交而成，或者直接就是厚萼凌霄，花五瓣，橙红色，花枝垂下，花疏疏散散生于枝头，有袅娜之姿，从夏日一直开到深秋。曾经看过日本电影《人生果实》，记录的是建筑设计师津端修一和太太英子的故事。津端修一 90 岁了，还会在家周围到处插着小木牌，比如一小木牌画着两个小人儿，上面写着：“英子 87 岁，津端修一 90 岁，他们加起来有 177 岁。”当那棚叶茂花繁的凌霄花开时，他写道：“享受这红色走廊吧。”

是啊，花开得那么好，别去想它是攀援依附还是力争上游，撇开褒贬，单纯享受花色花姿就是了。要知道，紫葳科的植物，如黄花风铃木、紫绣球、蓝花楹，都是颜值很高的，凌霄花也不例外。

非洲凌霄

* 粉花凌霄

但花的味道可能欠清雅。清陈淏《花镜》说：“花香劣，闻太久则伤脑，妇人闻之能堕胎，不可不慎。”

我是很喜欢藤本植物的，柔柔弱弱的枝条却蕴含着强大的生命力。每次到华南植物园，定要到藤本园转悠一下，在那里可以见到凌霄一家子。凌霄花最大叶也最大，又名大花凌霄；厚萼凌霄花冠颜色更鲜红、筒部更长。非洲凌霄（又叫紫云藤）原产非洲南部，除了华南植物园，广州其他公园，甚至路边，都很容易碰到；花冠漏斗状钟形，浅紫红色，近喉部颜色加深，内部长着细细密密的绒毛；紫红色的脉纹清晰复杂，有淡淡的清香，一年四季都开花。粉花凌霄原产澳大利亚，花冠白色至粉色，喉部深红色，也是一年四季开花。

硬骨凌霄原产南非好望角，并不垂花朵朵，一簇簇橙红色的花朵是直立着的，它的枝干也是直立着的，这也是它得名的缘由。我在花城广场第一次见到作为展览用的硬骨凌霄，花朵小小的，秀美可爱，有长长的雄蕊。不看说明根本不知道它也是凌霄家族中的一员，反差太大。舒婷其实也写过《硬骨凌霄》："原来它们之中有攀援在他人身上向高处炫耀花朵的，也有自强自立于地面之上的硬骨头。"

还有一种跟粉花凌霄亲，但跟非洲凌霄长得更像的连理藤，花瓣颜色是紫罗兰色，花脉是紫色的，看起来更素淡一些。连理藤顾名思义，是两朵两朵一起开的。还有一种也叫连理藤的，便是在很多地方都能见到的珊瑚藤，这种在"项链"上开出的粉红小花，被称为"爱的锁链""爱之藤"，象征着对爱的承诺。不过它已经不是凌霄家族的了，是蓼科珊瑚藤属的。

珊瑚藤不仅植物园的藤本园里有，温室里也有，温室外的铁栏杆上还缠绕了一些，伸出细瘦的枝条，仿佛在跟行人打招呼呢。

硬骨凌霄

珊瑚藤

晓妆如玉暮如霞

一直无来由地喜欢木芙蓉，觉得长相大气。这两年秋天都会跑去流花湖公园的芙蓉洲观赏。春天在体育中心看到几棵木芙蓉，花已枯萎在枝头，深褐色，叶子翻卷扭曲得姿态万千。住在附近的莎莎说，夏天曾经看到过木芙蓉开花，于是夏天我特地跑去看，结果只见到叶子绿油油地长在枝干上，没见到花的踪影。也许我去的时间不对。看过本地媒体报道，广州的木芙蓉每年开两次花，夸张的时候，一年开三次花，分别是1月、5月、10月。当然，这很罕见，秋天才是它开花最多最美的时候。

长在水里的荷花被古人称为水芙蓉、水莲花，长在岸上的木芙蓉因为艳如荷花，故有木芙蓉、木莲之名。唐白居易有诗："莫怕秋无伴醉物，水莲花尽木莲开。"木芙蓉因秋天开花，又名拒霜花，为历代文人所称颂。宋欧阳修云："鲜鲜弄霜晓，袅袅含风态。"明末清初吴孔嘉将它与菊花相比："堪与菊英称晚节，爱他含雨拒清霜。"

木芙蓉原产中国、不丹，锦葵科木槿属，也是朝开暮落。但在这短暂的一天生命中，木芙蓉有的品种却可以"三变"：早晨洁白，中午淡粉红，傍晚深红。这是花朵中的花青素在光合作用下不断变化的结果，被称为"芙蓉三醉"，可谓"晓妆如玉暮如霞"。也有说是三日间次第变化的：始开白花，次日稍红，又次日桃花然，谓之"三日醉芙蓉"。

我一般是下午去芙蓉洲，花依然有三色，是因为花开的时间有参差。都说"芙蓉最宜傍水"，芙蓉洲这几百株木芙蓉就种植在水边，花水相媚好。蓝天下，深深浅浅、粉妆酡颜的花朵们站在高高的枝头，和硕大的叶子一起，在风中蹁跹起舞。

传说五代蜀后主孟昶的妃子花蕊夫人特别喜欢木芙蓉，孟昶为讨爱妃欢心，颁发诏令在成都尽种木芙蓉。花开时节，成都四十里如锦绣，于是有了"蓉城""锦城""芙蓉城"的美称。如今广州从蓉城引入了不少木芙蓉品种，令人们得以欣赏木芙蓉更多的清姿

◦木芙蓉

*大花茄

雅质。除了流花湖公园，晓港公园、东山湖公园、华南植物园、麓湖的聚芳园等都种植了木芙蓉，秋天可以轮流去拜会它们。

据说也是那位孟昶的指令，以花做染料染缯为帐，取名“芙蓉帐”，唐白居易《长恨歌》有“云鬓花颜金步摇，芙蓉帐暖度春宵”的诗句。唐代女诗人薛涛随父入蜀，居浣花溪，溪畔多植木芙蓉。薛涛以其茎皮造纸，以花染色，制成红色小笺写诗，称“薛涛笺”，也叫“浣花笺”。薛涛的“浣花笺”已经湮没无存，如今仍有“浣花笺”问世，制作工艺应已大不相同，但那寄托在上面的情感，定有渊源和脉络可寻。

木芙蓉花色像醉酒的美人，宋王安石《木芙蓉》便以花比喻美人醉妆：“水边无数木芙蓉，露染燕脂色未浓。正似美人初醉著，强抬青镜欲妆慵。”有专家认为，《红楼梦》里，水芙蓉喻指林黛玉，木芙蓉则喻指晴雯。晴雯被逐出大观园后，在木芙蓉开花的季节香消玉殒，贾宝玉痛悼晴雯的《芙蓉女儿诔》，让黛玉也掬了一把伤心泪。“诔晴雯即以诔黛玉。”“非诔晴雯，诔风流也。”其实是写给大观园女儿们的一曲挽歌。

除了木芙蓉可“三醉”，有的牵牛花也会从早晨的蓝紫色变成午后的紫红色或红色，如宋杨万里所形容的“晚卸蓝裳着茜衫”。鸳鸯茉莉的“三醉”与木芙蓉方向相反：初开紫红色，渐成浅粉，最后褪成白色。父亲在天台种了两棵，枝条长成藤状，紫白两色的花开成两条香瀑布，晨昏坐在花旁，美得很。与鸳鸯茉莉有异曲同工之妙的还有大花茄和蒜香藤，花开后，自深紫转为浅紫或粉红，最后白色，三色并存，很是漂亮。

公园门口或小区围墙上的使君子，“三醉”的方向与木芙蓉一致：初开时花朵白色，渐成粉色，再变为艳丽的红色。三色花同时挂在枝头，如少女颔首，清丽雅致。有人曾把这花喻为女子的一生：初始是张白纸，素净清白；有了阅历，染上风霜颜色；老了，才浓墨重彩，至此，才有格局和真正的灿烂。

植物往往也是人生的写照。

使君子

夜深花无眠

几年前的秋天跟肖复兴老师夫妇上肇庆鼎湖山时，第一次看到一棵大树上吊挂着一些深红色的硕大花朵，地上也落了一些。拍照下来查了一下，才知道此花叫吊瓜花。可不是吗，花开着，树上还吊着形状各异的果实，看来吊瓜花就像腊肠花一样，是因为这吊着的“瓜”而取的名吧？

后来，在华南植物园、珠江公园，都看到了吊瓜树。一天黄昏去东风公园散步，突然发现草丛里有深红色的落花，抬头一看才发现一棵高大的吊瓜树。小公园真是多宝藏，春天有玉兰花、枝条长得低矮的木棉花；夏天有凤凰花、小叶紫薇、荷花木兰、突然开花吓你一跳的灰莉；有春天秋天都开花的双荚决明、黄钟花；有一年四季都盛开的美人蕉、朱槿……

这些植物本来就在那里，是我自己太粗枝大叶，所以才会不断有惊喜。这样看来，粗枝大叶也没什么不好。就像云台花园，去过无数次，突然在去年一个冬天的黄昏，发现也有两棵吊瓜树，一条条垂悬的长柄花序上，镶嵌着一朵朵皱皱巴巴的花，低调华美，即便掉落了，在柔和光线照耀下，也甚艳丽迷人。

吊瓜花是在晚上开放的，凌晨开始陆续凋谢，所以，用“锦衣夜行”来形容这些晚上开放的花，挺合适的。但我看到的，除了落花，枝条上有枯萎的花，也有盛放的花。莫非如我看到的木芙蓉一样，因为花参差开，可以同时看到芙蓉“三醉”，而不必从晨到昏守上一天？吊瓜花主要靠蝙蝠来完成授粉，它会释放老鼠那样的气味，把蝙蝠吸引过来吸食树上的花蜜和花粉，完成授粉过程。我环顾四周，那么优美的环境，很难想象夜晚会出现蝙蝠这种带着神秘和诡异色彩的家伙。

因为携带病毒，蝙蝠不怎么讨人喜欢，但它们确实能为植物传粉和扩散种子。东南亚有上百种水果依靠蝙蝠授粉，包括水果皇后榴莲。华南植物园里的翡翠葛，在原产地也是由蝙蝠传粉的。开花植物几乎都要靠花来繁殖，而虫媒花要靠跟自己完全不同的物种来传粉，除了我们熟悉的昆虫，还靠大象、长颈鹿、鸟类、蟑螂、松鼠等；风媒花则采用“航空寄件”的方式，仰赖风力传粉；还有一些雨媒花，把雨当成它们的“邮递员”。

吊瓜树又名吊灯树、腊肠树，紫葳科乔木。花茎上的一层层铺排缀结，很像一盏盏“吊灯”，花苞朝上宛如一个个“灯泡”，晚上花开，就是“开灯”了。真是形神兼具。吊瓜树原产于热带非洲、马达加斯加，我国热带地区有引种栽培，因树姿优美、绿荫效果好

✿叉叶木

而广受欢迎。在广州的行道树中，不时就能与吊瓜树相遇呢。

吊瓜树的果实高高垂挂于树上，动物们接触不到；果实外皮坚硬，味道不佳，令动物们失去了采摘和啃食的热情，那“瓜”便一直吊在树上，就像每一根花序的花儿凋谢后，光秃秃的花柄在空中慢慢风干，终年不会脱落一样。

吊瓜花一般春末夏初开花，但我从春到冬都见过花和果实垂挂着。也许是到了广州，跟其他花一样“入乡随俗”，高兴什么时候开就什么时候开，不让季节去定义。清屈大均早就说过：“岭南花不应节候”“花到岭南无月令”。

另外一种紫葳科小乔木叉叶木，花与吊瓜花长得很像，花瓣上长着好看的褶皱和脉纹，如姑娘夏天的衣裙，但颜色暗沉些，花小些，直接长在树身上，又如紫色的高脚杯附着其间。它也是夜间开花，早上凋零，但我依然在白天同时看到过花的盛放和凋落。叉叶木花也是主要靠蝙蝠传粉，它开口朝下，就是方便蝙蝠仰头吸食花蜜花粉。叉叶木亦是花果同在。

叉叶木又叫十字架树，因为叶子簇生于小枝上，三片指状的小叶子呈十字形，像基督教徒挂在胸前的十字架。叉叶木原产南美热带地区，在遮天蔽日的热带雨林中，为了生存，练就了在老茎老干上开花结果的本领。叉叶木树形很好看，枝叶开阔伸展，姿态飘逸，颜色青翠。华南植物园稀树草坪上有两棵，每次去都忍不住拍一张照片。

我在兰圃也看到了叉叶木，那时是秋天，树干上开着花，蜜蜂钻进花里面，正忙着采蜜。

*吊瓜花

一枝秾艳对秋光

鸡冠花可能是我们最为熟悉但又最没存在感的花了。公园里、路边有时候会种上一片。貌不惊人甚至有点面目模糊，没人会专门为它呼朋唤友或停下脚步去细细观赏。

鸡冠花是苋科青葙属的植物，以花状命名，原产亚洲、非洲、美洲的热带地区，现在世界各地广为栽培。花冠不仅有鸡冠状，也有扇面状、火炬状、绒球状、羽毛状，我们在花坛、庭院、路边看见的，特别是公园里种成花海的，多是羽毛状，小时候常见的鸡冠状反而少见了。颜色有鲜红色、橙黄色、紫色、粉色、白色、红黄杂色等。现在一些盆栽的鸡冠状的花，倒培育得玲珑可爱。

秋日鸡冠花最盛，故而唐罗邺有《鸡冠花》诗："一枝秾艳对秋光，露滴风摇倚砌傍。晓景乍看何处似，谢家新染紫罗裳。"中原人见到的鸡冠花可能是隋唐时由古天竺传入，认为是佛经中说的“波罗奢花”，视之为神圣之花。宋代中元节有儿童提着放有鸡冠花束的篮子满街叫卖，人们买回去插瓶子里供奉祖先；中元节俗称“鬼节”“盂兰盆节”，与佛教目连救母的传说有关。当时鸡冠花也称“洗手花”，印度习俗在佛前供花需要清洁双手，这种礼仪可能也随佛教传入中国。根据宋代瓷器飞天手持供奉物鸡冠花、莲花等图案猜想，鸡冠花开始是供佛，后也用来祭祀祖先了。

鸡冠花虽鲜艳，然而无味无香，姿色也平平，古代文人可能觉得乏善可陈，也就没在其上附着太多优良品性君子之风，相反还被宋欧阳澈讽为宵小：“空费栽培污庭砌，到头不若植芝兰。”可见鸡冠花可有可无的“路人甲”身份，自古延续至今。

然而有“野鸡冠花”之称的青葙，因为被传为是“后庭花”而受到关注。南朝亡国之君陈后主有一首诗《玉树后庭花》，其中有“妖姬脸似花含露，玉树流光照后庭”句。那时，陈朝即将倾覆，陈后

鸡冠花

主还与宠妾整天醉生梦死。唐杜牧的《泊秦淮》“烟笼寒水月笼沙，夜泊秦淮近酒家。商女不知亡国恨，隔江犹唱后庭花”，此“后庭花”即典出陈后主。宋苏轼、杨万里等都认为这“后庭花”就是矮的鸡冠花。青葙是鸡冠之花小而野生者，故“后庭花”亦指青葙。后人多依此说法。

也有人认为“后庭花”或指雁来红，或指臭梧桐。我目力有限，无力考证，此处不赘。

青葙也是苋科青葙属，还是“属长”，但因为长相与鸡冠花悬殊，很难将二者联系起来。我个人是更喜欢青葙的颜值的。它的穗状花序，由一层层的小花堆积而成。青葙开花的顺序自下而上，顶尖是新开的花，紫红色，开过的花则褪成白色，因此整条花序上红下白。事实上常常是穗尖一点紫红，渐变粉红，下为白色，算上花茎里隐约透出的绿色，一穗四色，甚是奇妙。当然，白色的青葙除外。

花期结束后，花也不会脱落，变成了银白色，天然干花，风一吹，簌簌有声。种子成熟后，便是可以清肝明目的中药材青葙子了。唐皮日休、张贲等人的药名联诗有“白芷寒犹采，青葙醉尚开”句。

广州除了华南植物园的藤本园里有青葙，其他地方并不多见。长在田边溪畔野外的青葙，才是它本来的样子。

在野外，同期开放的还有红蓼，而它与青葙又常常被人配成一对：青对红，葙对蓼，名字都带有古典的气息，样子也有点像。红蓼花开细碎如米，簇拥在一起，或粉红或淡紫，楚楚动人。有人说红蓼是古诗词里最美的草，它总出现在有江岸、汀洲、清溪、渔舟和芦花的画面里，如唐杜荀鹤的“秋水鹭飞红蓼晚”，宋陆游的“数枝红蓼醉清秋”。红蓼深红浅红四五枝，静默地，与青葙相伴，醉着属于自己的清秋。

日本花道大师田中昭光喜欢寻找野花，插在残破的陶罐、洗净的鱼篓、自制的竹节里，营造“如同在野外绽放”般的插花效果，野趣盎然。他认为没有比野外自然的花更美的了。

花在野，悄悄地绽放，又慢慢地枯萎，素朴，简静，不招摇，不媚俗，随性自在，多么的好！

红蓼

黄色花中有几般

广州春天除了出尽风头的黄花风铃木，还有一种黄色的花，低调很多，花朵虽小，但很明艳，绝不容忽视。它春天时开了一次花，秋天又开一次。以为眼花了，其实不是，广州有好多花都是开春秋两季的。

知道这黄色花叫决明，徒生好感，因为小时候睡过决明子枕头，知道是清肝明目的。

决明属是个大家庭，约有 600 种植物，分布于世界热带、亚热带和温带地区，中国原产十余种，广布各地。我们在公园、街边常见的，是双荚决明和黄槐决明，都是从国外引进的。老实说，我一直分不清它们俩谁是谁，花很像，叶很像，唯一看出区别的是它们的荚果，双荚决明的荚果是圆柱状的，常两个一组；黄槐决明的荚果是扁平状的。再有就是双荚决明的雄蕊，有三根特别长。

双荚决明原产美洲热带地区，黄槐决明原产印度、斯里兰卡、印度尼西亚、菲律宾、澳大利亚及波利尼西亚等地。它们花色艳丽、树形优美，又具有防尘防烟雾的作用，所以都不用去公园，路边就能看到，太普遍了。

但要看翅果决明，就要到植物园或公园去看了。我是在佛山的东平河畔第一次见到它的，一串串黄色的花朵指向天空，就像高举着一支支蜡烛，所以它还有一个霸气的名字，叫“帝王烛台”。认识了以后，再去植物园就很容易看到了。翅果决明的荚果也很特别，是扁平的三角形，成熟后会转为黑褐色，里面藏着五六十粒种子，在外力的作用下，种子爆裂而出，飞落土里，又准备孕育新的生命。

在东风公园里，在双荚决明旁边，有几棵黄花长得与双荚决明的花有点像，但花色更艳丽，花型更优美，五片花瓣中有三片花瓣内有显眼的红色脉纹向外伸展，如同精致的刺绣。数枚花朵聚集枝头成一

◦黄槐决明

花球，几个花球又集中在一起，一嘟噜一嘟噜的，风都不怎么吹得动，有着淡淡的清香。它叫黄钟花，因为开花时一整条枝上都是一串的黄花，据说因此它在丽江还有个别名叫“黄金条”。黄钟花是紫葳科黄钟花属常绿灌木，原产南美和西印度群岛。在这小公园里，它好像不管季节的，总之一不小心看到它又开花了。

小公园里还有一种非常常见的花：黄蝉。花数朵聚生于梢头，状如小喇叭，柠檬黄色至金黄色，内有红褐色斑纹，富丽堂皇，碧叶黄花，非常吸睛。还有花更大一点、花瓣稍稍朝后翻卷像个大喇叭的是软枝黄蝉，它是藤状灌木，黄蝉是直立灌木。与黄蝉花满大街都能看见不同，它的姐妹花紫蝉则要到植物园藤本园才能看得到。紫蝉花大艳丽，花期很长。

它们都是夹竹桃科黄蝉属的，因为花蕾的形状像蝉蛹而得名。原产巴西至中美洲，不耐寒，所以很适合在广州栽种，一年四季花不绝。黄蝉、软枝黄蝉、紫蝉又被好事者叫“好男人花”，因为看不到花心，所以是“不花心”。其实它们也是有花心的，只是藏在了花冠筒底部，不容易看到而已。它们全株有毒，与之保持距离去欣赏就好了。

植物煞费苦心地展示秀美的外表或者散发浓郁的香味，都是为了传粉。花太小就有萼片、苞片来帮忙，如三角梅、玉叶金花、绣球、大花四照花等；有的花蕊伸出老长，生怕蝴蝶蜜蜂看不到，如朱槿、赪桐等。但有些花就是要将花蕊藏在深处，除了黄蝉们，还有蓝花草、紫云藤（非洲凌霄）、蒜香藤、飘香藤（红蝉花），都是“空心花”。

如果人能做个“空心人”，倒是蛮好的。不过，少了五味杂陈，人生也就不复为人生了。

*黄钟花

情疏迹远只香留

因为多年前在西湖被夹岸绕堤的桂花甜香味熏得飘飘欲仙，又熟读“桂子月中落，天香云外飘”“三秋桂子，十里荷花”的词句，而吃桂花糕、桂花汤圆、桂花糯米藕也是在杭州，便以为桂花独属江南。

及至三十年前，父亲建了房子，在大门前种了两棵桂花树，才知道桂花原产于我国，是上古花木，主要分布于江南，但华南亦有。

晋嵇含《南方草木状》记载：“桂出合浦，生必以高山之巅，冬夏常青。其类自为林，间无杂树。交趾置桂园。”因桂树成林，秦代设桂林郡，而这个“桂”，是指华南盛产的做香料和药物的樟科的肉桂。唐王昌龄《送高三之桂林》的“岭上梅花侵雪暗，归时还拂桂花香”，写的才是木樨科的桂花。有专家认为唐以前的“桂”指的是肉桂，唐以后才把两者弄混了。

这么说来，月亮上吴刚砍伐的那棵树，应该也是肉桂树，因为这神话故事唐代之前就流传了。肉桂不仅做香料，更被视为神药，所以，“玉兔捣药”捣的便是吴刚砍下来的桂皮。在我的老家，过年还会在房门口挂上由肉桂叶、柚子叶和柏枝等组成的一把辟邪植物。

金秋时节，明月高悬，地上的桂花盛开，人们就把天上的“桂”与地上的“桂”联系在一起，所以说吴刚酿桂花酒。唐代以来科举取士，也往往在秋季发榜，于是月宫、蟾蜍、桂花，被连缀成“蟾宫折桂”——金榜高中。

桂花又名木樨，是因其叶子纹理如犀。常见的品种有金桂、银桂、丹桂和四季桂。小小的单朵花数朵聚集在一起，天芬仙馥。桂花之香，自古为人所赞，宋李清照说“何须浅碧深红色，自是花中第一流”。

最近两三年终于得闲，各处溜达，才发现广州到处都有桂花树。小区里有，公园里有。到云台花园，就是不看其他花，让自己深陷桂花香的包围中，都是一种享受。

中国桂花树18世纪经广州、印度传到英国，现在欧美及东南亚各国均有栽培。而月桂是指产于地中海的可以做香料的樟科植物。古希腊神话中，太阳神阿波罗爱上了河神的女儿达芙妮，但达芙妮不喜欢他，一见他就跑。阿波罗在后面紧追不放，达芙妮请求父亲帮忙，父亲就把她变成了一棵月桂树。17世纪雕塑大师贝尼尼的作品《阿波罗与达芙妮》，表现的就是阿波罗追上达芙妮时，达芙妮手指变成树枝的瞬间。“桂冠”以及“桂冠诗人”，也均从古希腊典故衍生。

父母家门口那两棵桂花树，仿佛一年四季都开花。母亲病重那一年的清明节，我回家陪伴她。已多日没出门的她，让我搀扶着，迈着绵软无力的脚步，带我找卖艾糍粑的人家。母亲如果不生病，会亲手给我做艾糍粑和黑米饭。那天，母亲特地穿了我买给她的莨绸上衣，浅浅的黑底上是一枝手绘梅花。回来后母亲就坐在桂花树下择南瓜花。那画面，美得让我错觉，岁月安好，仿佛什么事也没有发生。

以前给家里打电话，她多是在桂花树下与邻居聊天，在电话里都忍不住赞叹："那桂花，真香啊！"桂花飘香，父母安宁，这是让我安心的家。然而，这样的画面却没能一直到地老天荒。

我在楼上的窗口悄悄看着母亲，她病瘦的身影，和那两棵桂花树，让我的泪潸然而下。早已习惯，每次回家离家，父母都在桂花树下等候和道别；不敢想象，有一天，桂花树还在，母亲会不在。

现在，在桂花树下等候与告别的，只剩下父亲一个人了。

国外一位女摄影师，从1991年起，每次离开家时，都会拍下与父母挥手告别的画面。她的第一张照片是偷偷拍的，她想要用这种方式来表达离别的悲伤，这逐渐变成了她的一种告别仪式，她将其取名为《离别和挥手》。2009年她只拍到了母亲的挥手，当时父亲病重。2017年她拍下了最后一张照片，那是一条空空荡荡的车道。这长达27年的89场告别，感动了许多人。

几年前又去江南，在湖边捡起被人遗落的一枝桂花，带回宾馆放在床头。谁料一缕香风，夜半惊醒了梦里的牵挂，不知父亲门前那两棵桂花树，是否依然金粟落满头。

○桂花

以草为名，却开着美丽的花

秋天去从化石门国家森林公园看红叶，这是南国为数不多的秋色之一。看完红叶，顺便去看花海，其中蓝紫色的一片，远看以为是薰衣草，近看才发现是蓝花鼠尾草，开满了蓝丝绒般的花。薰衣草很受欢迎，但广州种的不多，因为水土不服。而鼠尾草就不同了，适应性强，临水岸边、草坪花坛，处处可见。鼠尾草在我第一次听到西蒙和加芬克尔版的《斯卡布罗集市》时，就深深地印在脑海里，歌中开头就唱道："你要去斯卡布罗集市吗？欧芹、鼠尾草、迷迭香和百里香。记得代我问候那里的一个朋友，她曾经是我的挚爱。"但我很多年以后才见到鼠尾草。

鼠尾草属植物花色花形非常丰富，约有1000种，具有浓烈的香味和像鼠尾的花序。原产于欧洲南部与地中海沿岸地区，现在全球广泛分布。鼠尾草早期是作为药草和香料使用的，被誉为“欧洲中世纪的阿司匹林”。传说当年郑和下西洋，用三箱名贵的茶叶，换取了一盒用鼠尾草制作的神药。不同的鼠尾草各司其职，有的用来观赏，有的入药，有的用作佐料与各种食材搭配，还可制成花草茶饮和精油。

现在我们观赏的鼠尾草，都是引进的品种，不能药用食用，但好种好养，成片种植，可以替代一下薰衣草，满足人们对薰衣草的浪漫想象。鼠尾草花的结构非常精巧，雄蕊的花丝有一个特殊的踏板结构，昆虫来访时，踩在踏板上，花丝带动花粉扣到昆虫背上，昆虫带着花粉访问其他花朵时，就完成了授粉。

与鼠尾草一样带着香味的柳叶马鞭草，种成花海，比薰衣草花田还漂亮。柳叶马鞭草原产于南美洲巴西、阿根廷等地，喜温暖气候，所以广州很适合它。春天，海珠湿地有时会种上20000平方米的柳叶马鞭草，层层叠叠，飘飘摇摇，弥漫着团团紫色，吸引着人们前去拍照。柳叶马鞭草长相精致，数十枚小花朵组成一个一个小绣球，花期很长，可以从4月开到11月。

* 蓝花鼠尾草

很多以草为名的植物，花却开得很美丽。除了蓝花鼠尾草、柳叶马鞭草，我还在云台花园见过花烟草，小花疏疏落落，但种成一丛丛，深红浅红交织在一起就很好看。产于南美洲的原种花淡绿至白色，据说是个“夜猫子”，晚上开花，有清香。现在的杂交品种颜色美丽，白天也开花，但失去了香味。

秋天还有一种草，近年变成了“网红草”，那便是粉黛乱子草。

粉黛乱子草是禾本科乱子草属的一种，乱子草属一共有120多种，主要产于美国西南部和墨西哥。乱子草属在美国有丰富的种类，园艺师们从中挑出外观比较好看的品种，驯化为观赏禾草，粉黛乱子草是栽培最广的一种。

粉黛乱子草盛开的花穗云雾状，一大片摇曳着，弥漫成粉色的海洋，确实很吸引人。可惜广州市内公园种得不多，即便有，如植物园或流花湖公园，也只是零星的几丛。晓霞退休后长居佛山，经常拍花并分享，我称她为“花信风”。我们在她的带领下，去佛山看了两次粉色花海。一年是去东平河畔，去得有点晚，一半的草割

* 花烟草

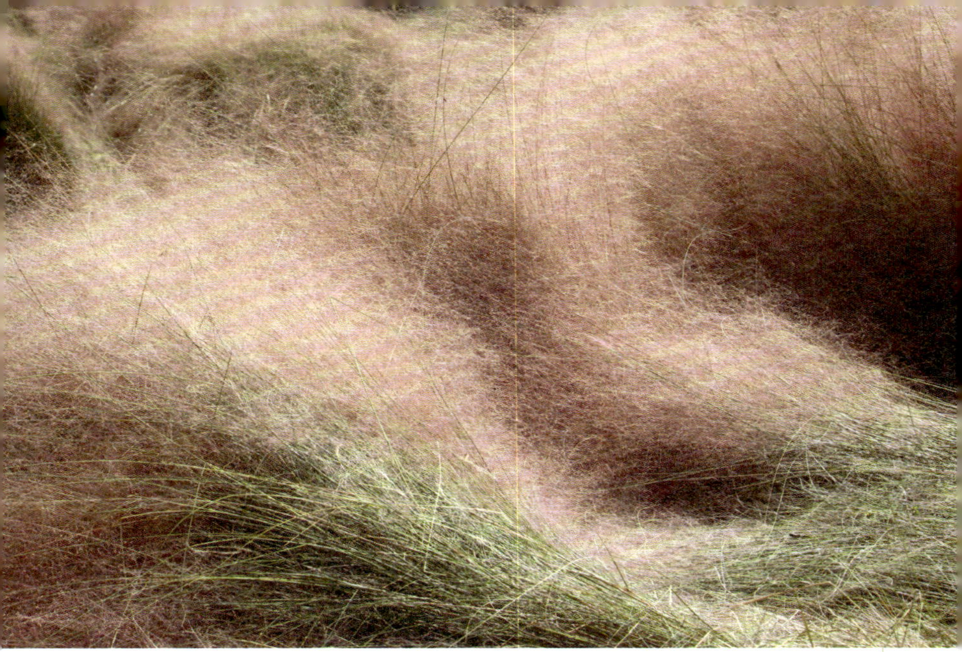

掉了，剩下的被人围追堵截，各自占领着一丛拍照；一年是去芦苞涌，又有点早，但红中带绿的草也极好看。

草很乱，也很美，但拍照就很让人抓狂，草很细，一直在动，对焦都困难，拍特写更是妄想。好在胡乱拍出来的效果也不错，那朦胧美恰如其花一样云雾漂浮、轻盈曼妙。

小呙帮我捡了一把被割掉的草，结果回来忘在车上了。两天后她要送过来，我在路边等着，远远地就看见那把草从车窗里伸出来，一直摇一直摇，到眼前了，才发现是小呙的先生老杨在摇那把草。平时看着挺严肃的老杨原来还有这么逗的一面，让我乐了老半天。

我扛着这把草去买菜，一路上很是引人注目。菜摊上一小姑娘问："你这鸡毛扫从哪儿弄来的？"我大为不满："你管颜值这么高的草叫鸡毛扫？"另一小姑娘赶紧说："我知道，这是那个网红草。"她叫不出草的全名。

也是，这名字确实不好记且容易叫乱。

晓栏红翠净交阴

广州街头路边有一种花，与三角梅一样，几乎全年都开着花，这便是既有毒又美丽的夹竹桃。我的大学校园就有很多夹竹桃，特别是我们女生宿舍“广寒宫”通往中区的那条路上，我上课下课都喜欢走那条路，除了粉红的夹竹桃，还有宫粉羊蹄甲和红花羊蹄甲，是很繁花似锦的一条路。

那时候还没听说过夹竹桃有毒，但从不会去摘花，我最多是揪些路边的杂草插在小花瓶里。后来知道夹竹桃有毒，但也不会嫌弃它，觉得它美丽如昨。因它对二氧化硫、氯气等有害气体的抵抗力强，有净化空气的作用，因而广为种植。就像广州满大街的芒果树一样，每年环卫工人都得花力气把累累果实摘下来，否则芒果会砸到行人或掉落地上肉果分离横尸街头，但还是会作为行道树种植，就因为芒果树吸尘吸废气以及遮阳效果好嘛。

夹竹桃原产于印度、伊朗和尼泊尔，现在世界热带地区均有种植。唐宋时引入中国，清陈淏《花镜》言：“夹竹桃本名枸那，自岭南来。夏间开淡红花，五瓣，长筒，微尖，一朵约数十萼，至秋深犹有之。因其花似桃，叶似竹，故得是名，非真桃也。”不过他说“今人于五六月间，以此花配茉莉，妇女簪髻，娇袅可挹”，估计那会儿都不知道这花有毒。屈大均《广东新语》则侧重写了夹竹桃的落花：“其落以花不以瓣，落至二三日，犹嫣红鲜好，得水荡漾，朵朵不分。开与众花同，而落与众花异，盖花之善落者也。”其实鸡蛋花落花也差不多，数日还保持新鲜。

去年在兰圃，我看到了开黄花和橙花的夹竹桃，因为是第一次见，回来查了资料，才知道这叫黄花夹竹桃（橙色花的也叫这个名），与夹竹桃同科不同属，它是乔木，而夹竹桃是灌木。黄花夹竹桃原产于美洲热带地区，五片花瓣向左旋转重叠在一起，形状像一只小酒杯，所以又名“酒杯花”。它跟夹竹桃一样，全身都是毒，但也是因为扛空气污染的能力强，所以很常见。

夹竹桃

新几内亚凤仙花

明代徐光启称凤仙花为夹竹桃，这肯定是错的。凤仙花，我们小时候称为指甲花，似乎就在屋旁很随便地就长了几棵，不起眼，但花开的时候有大红色有粉红色，从夏至秋，很是夺目。母亲会将花瓣捣碎，帮我把指甲染红。具体怎么操作的，已经不记得了，指甲红了多久才褪色，也不记得了，只记得这是那个什么都匮乏的年代里很珍贵的美的启蒙。

凤仙花原产印度、缅甸和我国西南，因花冠如传说中的凤，也叫金凤花，有单瓣重瓣，有多种颜色。宋杨万里有诗："细看金凤小花丛，费尽司花染作工。雪色白边袍色紫，更饶深浅四般红。"结了籽，轻轻一碰蒴果籽荚就会炸开，成熟了，即使不碰也会自行爆裂，将种子弹洒出去，继续繁殖下一代。因此也被称为"急性子"。

如今的金凤花又指另外一种植物：洋金凤。洋金凤原产南美，是加勒比岛国巴巴多斯的国花。华南植物园、二沙岛等很多地方都可以看到。它的花很特别，五枚花瓣左右对称，最上方的一枚最小；左右各两枚花瓣外缘黄色，皱皱的，中间布满橘红色的彩斑。五瓣下部都收窄成细细的爪。五枚萼片与花瓣同色。红色的花丝长长地远伸出于花瓣外，使整朵花像有尾有翅的凤凰飞舞，也像凤蝶起舞，故而又名蛱蝶花、黄蝴蝶等。黄色的洋金凤，颜色相对单调一些。洋金凤的叶子很有意思，夜间叶片会折叠，天亮后再舒展开来。

夹竹桃、洋金凤都是常年开花，在广州随处可见；都市女子们的指甲也很容易便美艳璀璨，颜色和花样一闪一闪的让人眼花缭乱。只是，那种野生野长的凤仙花已很难见到，即使有，估计也没人愿意花时间亲自动手把自己的指甲染红吧。

现在见到的多是新几内亚凤仙花，常用于花坛花境，花色丰富鲜艳，长在叶子面上，不像我熟悉的那种，花朵是羞涩地躲在叶子间的。

我挺怀念小时候的指甲花，它带给我的，是那个年代里一份很特别的体验和记忆。

洋金凤

十月花开不待春

在广州，春天满城都是宫粉羊蹄甲，秋冬，满城都是羊蹄甲和红花羊蹄甲。春天已经说过紫荆花和羊蹄甲的区别，秋天再来说说羊蹄甲家族吧。

羊蹄甲是豆科羊蹄甲属几种开花落叶乔木的统称。羊蹄甲属约有600种植物，原产于印度北部、越南和中国东南部，遍布世界热带和亚热带地区。

羊蹄甲属的植物叶形奇特，顶端裂为两半呈羊蹄状而得名，广州最常见的有：羊蹄甲、洋紫荆（宫粉羊蹄甲）、白花洋紫荆、红花羊蹄甲。

羊蹄甲，每年秋冬开花。花粉红色或桃红色，花瓣狭长，边缘常常有褶皱；每朵花只有3枚可育的雄蕊。羊蹄甲花落之后，可以立马结果，所以常常看到羊蹄甲的枝头上，既有花朵在开放，同时挂有豆荚状的果实。

洋紫荆（宫粉羊蹄甲）花期在春天。花从粉红色到紫红色都有，最上部的一枚花瓣有一团眼状斑纹，紫色的纹路与黄色斑块错杂分布，也有带红色及黄绿色条纹的，这是它的典型标志。有5枚长短几乎相等的雄蕊，荚果长可达30厘米。花开时叶稀疏或几乎不见树叶，满天的红粉花瓣。

白花洋紫荆与洋紫荆花期相同，是洋紫荆的变种，它最上部那片花瓣的纹路颜色也很美，淡淡的绿，淡淡的黄。云南常见有野生的，可食用。但白花洋紫荆不能叫作白花羊蹄甲，因为白花羊蹄甲是另一个姐妹了。

红花羊蹄甲在香港被称为洋紫荆，而我们内地所说的洋紫荆指宫粉羊蹄甲。1880年，一位来自法国的神父在香港偶然见到了这种植物，后来，迅速成为遍布香港的行道树，“洋”字也被慢慢略去而称为“紫荆花”。香港回归后，成为香港特别行政区区旗区徽的标志。它是羊蹄甲和洋紫荆天然杂交而成的，开花后不结果。红花

* 红花羊蹄甲

* 斈叶羊蹄甲

羊蹄甲全年可见花，以冬春为盛，花紫红色，中间 1 枚花瓣基部呈深紫红色，可育的雄蕊 5 枚，其中 3 枚较长。

羊蹄甲还有很多品种，比如鄂羊蹄甲、粉叶羊蹄甲、孪叶羊蹄甲、黄花羊蹄甲、囊托羊蹄甲、首冠藤等，这些在植物园的藤本园都可以看到。夏天见过植物园苏铁园亭子上面开着的孪叶羊蹄甲，把亭子遮盖得密不透风，如果不看叶子，真无法想象这一蓬密密麻麻的小花，也是羊蹄甲家族的。

我小时候住的大院里就有两棵红花羊蹄甲，秋冬的时候树上繁花满枝，树下落英满地。

上大学后，看到满园的洋紫荆和红花羊蹄甲，我仿佛与故人重逢。毕业以后，我写了一篇《爱花人语》，收入《我们的中大》一书。

文中提到洋紫荆和红花羊蹄甲，结果闹了一个大笑话。

杨海文在《康乐园里的植物家族》中说：中山大学有个学生诗社叫“紫荆诗社”，或许就是因校园里的紫荆花而起。1980 年入读中文系的邱方就说：“紫荆一年中开两次花，春天开粉红花，衬着绿叶，很温柔羞涩的样子；秋天开紫红花，很热烈，秋风一来，树下便铺一层落英，有种忧伤的美丽。”我们也看到了，这个“美丽的错误”，始终伴随着康乐园里代代相传的“紫荆词”。那个“美丽的错误”，可以让它一直“将错就错”下去。

他的批评，善意，包容。

而沈胜衣就毫不客气了：“邱方《爱花人语》，写紫荆一年开两次花，春天开粉红花、秋天开紫红花，这是典型的未辨识两种不同花期的羊蹄甲而混为一谈了。”令我这个爱花却不求甚解的人很是汗颜。

真正能将它们区分开来，确是近年来的事。现实中，人们还是会统称它们为“紫荆花”。

花开的时候，总能想起康乐园里的青葱岁月。正是因为印象太美好了，有一年秋天肖复兴老师来广州，我非要带他到我母校看那大片绚丽的红花羊蹄甲，结果花朵寥寥，一点都不给我面子。

在另一个校园，冬天，我和尤丁丁准备陪主编下乡做教材培训，在等主编的时候，我说今天是我生日，丁丁就顺手摘下开在她身边的一朵红花羊蹄甲送给我。

其实在地上捡一朵也行的，落花都很新鲜。

冬

林梢一点风微起，吹作人间百合香

吹作人间百合香

老虫子读大学前，每年生日我俩都是一起过的。她爸爸通常买一把月季回来，往桌上一放，说：你们分吧。

等她爸过生日，我就买一把百合。老虫子嫌那气味太浓郁，说像用过的牙签上人的口气，还调侃我道：是你给自己买的吧。言下之意我喜欢花，买给爸爸不就是买给自己吗。

是也不是。我要给自己买，肯定不会买那么郑重其事的花，我喜欢买一些小小的花，如雏菊，好看好闻花期还长。百合的味道我不讨厌，但太浓烈，放在房间里，有时候香得睡不着。而且也挺麻烦的，开花了就要赶紧摘掉花蕊上的花药，花药染色能力特别强，掉到花瓣上或落到桌面上，很难清理；快枯萎时花瓣和花蕊摔了一桌，捡拾也是一件烦心事。但总觉得男送女才得是月季。

我说的百合，就是花店里一年四季都有的鲜切花。等到学画后，才知道百合有很多种，比如白色的野百合、橙红色的卷丹。小时候听的歌“山丹丹开花红艳艳”的“山丹”，也是百合的一种啊。

百合花和叶都适合入画，那线条以及色彩的渐变，十分美妙。我去买一枝写生，花店的小姑娘三两下就把花药摘掉了。我说哎呀，我是画画用的，少了花药，少了多少生动啊。那之后小姑娘见我来了，都会先问：这次是画画用还是插瓶看？

每次买回去，不是这忙就是那忙，眼睁睁地看着百合的花瓣一片一片地开，又一片一片重重地落在眼前。虽然不像芍药那样整团花掉下来，但时不时“啪嗒”的开落声和散落一桌横七竖八的花瓣和花蕊，还是挺让人难过的。

百合得名，是因为它的球根由二三十瓣鳞片抱合在一起。百合的茎从埋在土里的鳞茎中伸展出来，然后露出挺立的枝干、青翠的叶子和雅致的花朵。北半球几乎每一个温带地区都有原产百合。

我国栽培百合最早可追溯到东汉，医药家张仲景详细讲述过百合的药用价值。南北朝后梁宣帝萧詧写了最早咏百合的诗：“接叶有多种，开花无异色。含露或低垂，从风时偃抑。甘菊愧仙方，丛兰谢芳馥。”宋苏轼用“堂前种山丹，错落玛瑙盘”形容百合的娇艳，陈岩用“林梢一点风微起，吹作人间百合香”形容百合的香味。

百合在全世界鲜切花卉中都有着十分重要的地位。古希腊神话中，百合是宙斯妻子赫拉的乳汁洒落在地上而产生的；罗马神话中，维纳斯诞生时带出的海水泡沫形如百合花；在法国，百合不仅是纯洁的象征，也代表着力量和幸福，“百合纹章”成为王室的标志。百合成了西方的一个文化符号，被视为圣洁之花，在婚礼和各种节日上都是重要的装饰物。

叶灵凤在《野百合花》中提到一种"布隆氏百合花"，说是"一百多年前中英通商初期，东印度公司派到广州的英国商人，在广州花地看见这种百合花开得可爱，便将它的球根托商船带回给伦敦的友人。这位友人姓布隆氏，是由他首先将中国的百合在英国种植起来的，因此，后来就称这种百合花为'布隆氏百合花'"。现如今，这种可爱的百合花在广州还见得到吗?

曾读过台湾作家林清玄的《买了半山百合》：在市场里，有个宜兰人，"我"叫他"阿莎力"，每隔几天来卖菜，菜篮里每次总有几把野花。有一天"我"看到几束百合，比以前卖的百合瘦小，株条也不挺直，就问："你今天的百合怎么只有这些？"阿莎力说："全卖给你好了，这是今年最后的野百合了，我把半座山的百合全摘来了。"想到这是今年最后的百合，"我"就全买下来了。最后作者写道：

每当野花盛开的时节，我们时常跑到山坡上去寻找野花的踪迹。有些山坡开满了百合花，我们就会躺在百合花的白与白之间。山风使整个田园都有着清凉的香气。

屋里的百合再怎么美，也没有野地风中那样的昂扬，失去了那种生机盎然的姿势。

想到半山的百合花都在我的屋子里，虽然开心，内心里还是有一种幽微的疼惜。

不管怎么样，野百合还是开在山里好，野百合，还是开在山里的，好呀！

百合花

美人树，开出了一个春天

秋天开始，一直到冬天，一树一树粉红色的花，把广州的秋冬弄得像春天似的。

这就是美丽异木棉。美丽异木棉和木棉，虽然都有“木棉”两个字，树也都很高大，但一个来自南美，一个本土所产；一个秋冬开花，一个春天开花。花的差异就更大了，木棉花大红或橙红，花瓣厚重，是广州市花；美丽异木棉以粉色系为主，花瓣修长卷曲，绚烂明艳，故又被称为“美人树”。木棉是“豪放派”，美丽异木棉可称为“婉约派”。

美丽异木棉是南方冬天花朵的颜值担当。这样说，主要在于它花开成海，声势浩大，红的粉的，如云如雾。城市上空仿佛有一只大手，握着一支蘸满红颜色的笔，到处游荡，随心所欲地在这里重重地落下一笔，在那里轻轻地点染一下，于是我们会看到一条路上都是浪漫的花海，或者满眼绿中一两处疏落的轻红。

美丽异木棉花瓣反卷，边沿有大大小小的波浪起伏。一个枝条上，通常同时陈列着花苞、半开、全开、开败的花的形态，仿佛在生动地诠释着一朵花的一生。

树干长满了圆锥状的密集尖利的刺，拒人于千里之外。改进品种大腹异木棉，大腹便便，下部膨大呈酒瓶状，大多没刺。

花萼像一个小酒杯。真有意思，肚子装着酒，就必须配有酒杯啊。

雄蕊的花丝合生成一个长管，管子呈淡淡的粉灰色，弯着优美的弧度。柱头高高地伸出来，有一点夺目的鲜红色。

柱头那点鲜红变暗，就是要长果实了。果实纺锤形，一个个如炮弹般倒挂在光秃秃的枝杈上。果实成熟后，厚外皮自然脱落，一团絮状物如棉花悬挂在枝头，这跟木棉果实是一样的。到5月，美丽异木棉和木棉同步飘着棉花絮。

这两三年，一到冬天我就到处去街拍美丽异木棉，但看到华南

* 美丽异木棉的棉花絮

* 长满尖刺的树干

师范大学石牌校区那棵开白色花的美丽异木棉的视频时，还是不淡定了。我迄今都还没看过白色的花呢；更何况，美丽异木棉的培植最早就出自华师。

挑了天气好得让人蠢蠢欲动的一日，约了住华师的杨咩咩接应，莎莎和小呙愿意与我“偶遇”，这样，临时看花小分队就组成了。

莎莎对一棵浑身上下没有一片叶子的花树赞赏有加。一贯认真细心的杨咩咩让我看那些花，我定睛一看，花瓣粉色，但花基有白色带紫斑的，也有白色带黄色的，甚至一个枝条上就长着花基不同颜色的花，真神奇。

生物园是赏花主场，花朵们果然开得密密匝匝。那棵开满了白花的树，就在不远处。

在几棵繁茂的树下立了一块牌子，上面介绍了美丽异木棉的来龙去脉：1985年，华南师范大学原校长潘炯华教授在东南亚鱼类交流会上，与会的日本专家赠送几株美丽异木棉小树苗作为纪念。回国后潘校长将树苗种在此处。这几株大腹型美丽异木棉就是当年种下的小树苗，经过科学繁殖，其后代已遍布广东、广西、福建、云南、海南等地。华师的美丽异木棉有两种花色，一种粉红，一种纯白。初冬的华师，美丽异木棉次第盛开，粉如胭脂，白如霜雪，争相绽放，俏丽迷人。

这个品种在推广时广受欢迎，但是需要从种子开始培育。为了获得母本的种子，结果时，总会有人来偷母树的种子。学校保安就抓过“偷花贼”。

华师这一百多棵美丽异木棉，在我看来，其实不止两种花色。目力所及，就有粉紫、粉红、浅黄和白色，而白色，花瓣尖又带着粉红、花基带着粉黄。只有在这里，才能看到那么多颜色的美丽异木棉交织在一起。

美丽异木棉在南半球是春天开花的，来到北半球后，仍坚守自己在故乡的时令，在北半球的秋天如期开花。梦幻般的蓝花楹也一样，在南半球11月开花，在北半球5月开花。花木管时令，放之四海而皆准。

杨咩咩是一个尽心尽责的“地陪”，几乎把校园里的每棵美丽异木棉都介绍给了我们。下午，阳光开始暗淡，我们才依依不舍打道回府。

回到家，无意中看到一条视频，说珠海横琴花海长廊7500余株美丽异木棉绚烂绽放，形成一条长约6公里的花海。

你说，还让不让人活了。

一不留神就开成了瀑布

有一天，在朋友圈晒了我第一次见到的粉红和嫩绿相间的三角梅。有同事留言道：“绿樱啊。”我纠正道：“是三角梅哦。”她回复道：“对啊。”

疑惑的我赶紧查资料，才知道，绿樱是三角梅的一个品种。立马汗颜。面对一出门就能看见、一不留神就开成瀑布的花，不能无视，却又对它了解多少呢？

三角梅是紫茉莉科叶子花属的藤本状灌木，别名簕杜鹃、九重葛、宝巾、叶子花。原产中南美洲，一名法国博物学家于1767年在巴西里约热内卢发现，1768年英国人也在巴西发现了三角梅，然后通过皇家植物园邱园向世界各地传播，如今美国、澳大利亚、印度、马来西亚等国已成为三角梅种植大国。

我国引进栽培有100多年的历史。1872年引种到台湾，

20世纪40年代从台湾引种到厦门，80年代华南地区大范围种植。如今，广州立交桥和人行天桥上因种满三角梅而形成了绚丽多彩的“空中花廊”，成了美丽广州的“名片”。

汪曾祺说三角梅“好像一年到头都开，老开着，没有见它枯萎凋谢过。大概它自己觉得不过是叶子，就随便开开吧”，又说“这种花好像是不凋谢的，我没有看到枝头有枯败的花，地下也没有落瓣”。三角梅确实四季都开花的，但有落花。在广州，它是“路边花”“天桥花”，以致人们都审美疲劳了。但是如果在春天看到它开得如瀑布一般，花朵蓊郁密不透风，一样会惊艳得让人挪不动脚步。路边、公园，有很多这样的花瀑布。这是它与其他存在感很弱的“路边花”最大的区别。

广州地处亚热带，光照水分充足，许多树秋冬并不落叶。黄葛树，俗称大叶榕，属于落叶半落叶树种，春天一来，新老叶子的交替就无声无息地进行了。老叶子先是慢慢变黄，老叶子变黄的时候，人行天桥上的三角梅开得正好。大街上黄的绿的红的，搭配在一起，竟然艳而不俗。

然后在料峭风雨中，变黄的叶子落下，会发出略为钝重的声音；如果有明媚春光，叶子们则如精灵般，在车水马龙的大街上空翩然旋转着，闪着光，发出飒飒脆响，四处飘飞。车子疾驰而过，马路中间的落叶被车轮带起，像一群枯叶蝶，再度翩翩起舞。然后，仿佛是一瞬间，大叶榕就换上了新装，满树鲜亮的嫩绿。这是环市东路春天最壮观的景色。黄的落叶、红的三角梅、嫩绿的新叶，是广州春天的主角。

而植物园几乎每年冬天都有三角梅展览，也许春天花实在太多，

• 三角梅

看不过来，等冬天花略少了，才安排三角梅上吧。

三角梅诸多颜色的“花瓣”，其实是它的苞片。所谓苞片，就是植物叶片的一种变态器官。单瓣的三角梅，苞片3片为一组，纸质，上面有明显的脉纹，真正的花朵很小，被苞片包裹，三朵小花成三角形对称排列，故称“三角梅”。小花因色彩不够鲜艳，故整出高颜值的苞片来招蜂引蝶，以达到授粉目的。这类智慧的植物有很多，像玉叶金花、姜荷花、大花四照花等，都是这样操作的。

20世纪90年代我父母新建了房子后，在楼顶曾种过一棵三角梅，开花时成了一道瀑布，几乎把小楼淹没，成为当地著名的一景。后来母亲担心蛇会沿着枝条爬上楼，父亲就把那株三角梅砍掉了。

近些年父亲又种了两棵，清明节回家时，看到三角梅的紫红色和大红色遮蔽了半个天台。在岭南，随便一户人家，只要种了三角梅，都会成为别人眼里好看的风景。

另一种很容易开成瀑布的花，也是原产于南美洲的炮仗花。炮仗花是紫葳科炮仗藤属藤本植物，因喇叭形花状如鞭炮而得名。它攀爬上建筑物、棚架，橙红色的花朵成串垂下来，如瀑布倾泻，也像一串串鞭炮，相当壮观。

在岭南，炮仗花花期也很长，可以从冬天一直开到夏天，尤其是在春节期间开得最好，如张晓风形容的那样：“澄黄澄黄的，仿佛千足的金子，开起来就狠狠地开满一架子，真仿佛屋子里有什么喜事，所以那样一路噼里啪啦、声势壮烈地燃响那欢愉的色彩。”真是有声有色。

日向蛮娘髻边出

上大学时，发现路边、饭堂前、教室旁，有一丛丛红花一年四季都不知疲倦地开着。我们叫它大红花。有一年我过生日，吴洁晚自习回来，趁着月黑风高，溜进一位教授的庭院里，摘了一朵娇艳异常的大红花回来，插在一个写满诗的破信封里，郑重其事地递给我。后来发现她膝盖又红又肿，一问，才知道她摘花时被发现，就一边捏着鼻子学牛蛙叫，一边慌不择路地逃跑，结果摔了一跤。我感动得一塌糊涂，所以至今还记得。

现在公园里以及城市的绿化道路，处处都有大红花的身影。它正式的中文名叫朱槿。

晋嵇含《南方草木状》记载："朱槿花，茎叶皆如桑，叶光而厚。树高止四五尺，而枝叶婆娑，自二月开花，至中冬即歇。其花深红色，五出，大如蜀葵，有蕊一条长于花叶，上缀金屑，日光所烁，疑若焰生。一丛之上，日开数百朵，朝开暮落，插枝即活，出高凉郡。一名赤槿，一名日及。”把花的特征、命名都提到了。高凉郡即今广东阳江一带。

据说岭南人七夕用朱槿供神礼佛，读音相近，故又作“佛桑”。明李时珍认为东海日出处有扶桑树，朱槿花光艳照日，其叶似桑，因此又名“扶桑”。这类比倒有点牵强了，但称呼沿袭了下来。清屈大均《广东新语》说：“佛桑亦是扶桑花，朵朵烧云如海霞。日向蛮娘髻边出，人人插得一枝斜。”可见，这大红花像清雅芬芳的素馨花、栀子花、白兰花、茉莉一样，都曾被广东“蛮娘”用作簪花或配饰。如今在一些热带亚热带地区如夏威夷，还能看到女子耳朵上别着朱槿花或戴着朱槿花项链。

朱槿原产中国，12 世纪传入马来半岛，华人叫它大红花，后来还成为马来西亚的国花。欧洲人把原产中国的朱槿叫“中国玫瑰”。

*朱瑾

*重瓣朱瑾

吊灯扶桑

金铃花

朱槿与木槿的枝条花叶都很像，但花比木槿更大更艳丽，以红色为主，也有粉、黄、橙、白等色，有单瓣亦有重瓣。花像漏斗，花蕊集聚为粉红色花柱，很长，伸出漏斗之外，红色柱头呈火柴棒状，花药黄色。花蕊长于花冠，是它与木槿花的区别之一，木槿花的花蕊短于花冠。重瓣朱槿花花蕊略短一些，但也高于花冠。

朱槿花花瓣如褶皱的裙摆，纹路清晰复杂，不管是开是合，都扭曲得妖娆无比，特别是那长长的花蕊，让花的侧颜显得非常迷人。我曾在花相对稀少的夏天忍受着蚊子叮咬，汗流浃背地对着仍在努力绽放的朱槿花写生。朱槿花看似简单，然而要画出它的形态和神韵，却太难了。

朱槿花因为盛开后太重而通常下垂，然而花蕾和初开时是朝上的。它的姐妹吊灯扶桑，倒是一直朝下开放的，由纤细的花茎吊着，像跳着芭蕾的仙子。另外一个姐妹是重瓣朱槿，有红色、橙黄色，有的花瓣还镶着金边。

我曾经以为朱槿旁边一丛丛低垂着头的红色、粉色的花，是开败了的朱槿，后来才知道红色的叫垂花悬铃花，原产于墨西哥和哥伦比亚；粉色的就叫粉花悬铃花。它们是“永不开放的花”，花瓣不会张开，但如果花蕊伸出花瓣外，就说明它开着花呢。

小时候住的大院里有这种花，女孩子都摘过这种花来吸蜜。而蜜蜂蝴蝶就很郁闷了，花不张开，没法采蜜啊。当然也不用担心，风会帮它传粉呢。

比垂花悬铃花更小，但花朵朝上的叫悬铃花，原产于古巴至墨西哥。花蕊很长伸出花瓣外，于是别名冲天槿、小扶桑、小悬铃花等。华南植物园生物园那里有一丛，任何时候去都能看到那小小的花冲着天开放。

第一次在植物园的温室里看见金铃花，花瓣上的花纹，让人过目难忘。它也叫灯笼花、显脉苘麻、纹瓣悬铃花等。后来在生物园也见到过，像一只只装饰华丽的小灯笼，静静地照亮着周遭。还有红萼苘麻，红衣黄裙，很久以后才知道它的尊姓大名。

这些花，都是锦葵科一个家族的。

朱槿一年四季开花，平凡得像路人甲乙丙丁，太不招人疼惜，但它从不曾停下开放的脚步，明媚艳丽，热气腾腾，开落尽兴。

虽朝荣夕陨，我羡慕它的，却是一生都不必经历暗夜。

玲珑如琢巧如攒

绣球，因又叫无尽夏、紫阳花，便以为是在夏天开的花。然而不然。

春天，我和泰哥去探访饭饭的陶艺工作室，工作室的楼下就是一个花店兼咖啡店，除了仙客来、秋英、茶花、蝴蝶兰等，一簇簇粉紫、红绿相间的绣球，开得正灿烂。我们就在花团簇拥中，端着饭饭用一千多元和一百多元买来的盘子吃午饭，搞得我们小心翼翼的。吃完饭洗干净继续摆在工作室里。饭饭说，陶艺就应该既能观赏又能使用的。

秋天到云台花园，一团团粉红、淡绿的绣球，与兰花争艳。冬天老键同学生日，一早我就别出心裁到花店买了一株绣球花送给她。第二天还询问她绣球花的情况，因为她晚上才拿回家，我生怕蔫掉了，绣球可是要喝很多水的。其实，干了的花也很好看的，枯黄一团，很复古的调子。

新鲜的花的颜色本来也不艳俗，不管是纯色的还是杂色的，都有让人看着很舒服的雅致光泽。我在冬天的法兰克福也见过开得很好的绣球。

在我眼里，绣球是四季无尽开。

绣球花的颜色很梦幻，是因为它含有花青素类的色素，土壤偏酸时呈蓝色，偏碱时呈粉红，还可以人工操控，让绣球出现红蓝、蓝紫、红绿等交错的杂色。不过，这些颜色漂亮的不是绣球的花瓣，而是萼片，中间的小花才是真正的花。绣球花也是全株有毒的，猫猫狗狗要远离哦。

绣球原产中国和日本。一到夏天，刷屏的总是江南一大片一团一团的绣球，广州没有一大片，花型也偏小，挺遗憾的。绣球在日本尤其受到追捧，京都以栽种绣球闻名。据说是因为白居易那首《紫阳花》“何年植向仙坛上，早晚移栽到梵家。虽在人间人不识，与

* 绣球

龙船花

君名作紫阳花”，日本人就叫绣球为紫阳花。紫阳花与雨水一起，成为日本经典的夏日景致，《千与千寻》《哈尔的移动城堡》等动画片及水彩画中，都出现了绣球的身影。其实当年白居易写的到底是什么花，目前并无定论。

有一种花与绣球长得很像，叫绣球荚蒾，又叫木绣球，我在广州没见过，因为临摹老师的画，才知道这种花。春末的时候，高大的树上开着上百朵团团如球的花，刚开时淡绿色，渐渐变成纯白色，正如明谢榛写的“高枝带雨压雕栏，一蒂千花白玉团”。它与绣球不是一个家族的，分别也显而易见。绣球个头低矮，木绣球是大型灌木；绣球单朵花四片花瓣，木绣球单朵花五片花瓣；绣球色彩丰富，木绣球就只有青白色。一定要找机会去看一眼这木绣球。

冬天广州有一种行道树也开出如木绣球一样的花，颜色接近，一副清新可人的样子。但它散发出的味道，可以把人熏晕，晚间尤其浓郁。少数人觉得香，大多数人觉得臭。这就是糖胶树，又名盆架子等。那么“臭”，为何还种那么多呢？因为它生长快，病虫害少，不挑环境，抗风力强，且冠大荫浓，开花漂亮。作为夹竹桃家族中的一员，汁液也是有毒的。花期过后，就会长出像面条一样的果实，细细长长地垂下来，也蛮好看的。花城广场有一大片，我是先在春天看到那些“面条”，冬天路过时被浓郁的气味牵引着，才发现那些淡绿色、几乎与树叶融为一体的一团团花球。

被称为“洋绣球”的天竺葵，广州也常见。天竺葵原产非洲，花簇生成圆球状，但单朵花比绣球大，花球又比绣球小。再看它的叶子，很特别，圆形、肾形或者扇形的叶面上，都有或深或浅的马蹄形环纹，绝不会与绣球混淆。据说天竺葵叶子有非常重的难闻的腥味，我没搓过。有人当驱蚊草用，但在蚊子疯狂的广州，我感觉够呛。

还有一种花叫“水绣球”，广州多到简直让人无视了，那就是龙船花。说是端午节前后开放，但我一年四季都能见着它的身影，红的，粉的，橙的，黄的，白的，开成一小团一小团，不难看，只是见多了，审美疲劳了。花和叶更细小的叫小叶龙船花，倒是很精致可爱。龙船花原产中国和马来西亚，是缅甸的国花。

正是因为有这些不起眼的植物，四季都在不停歇地开花，才衬得那些稀有的花木更光彩夺目，花城才更名副其实吧。

粉融轻翅，清清凉凉开

清清凉凉开，针对夏天的蓝花丹来说，是很合适的。然而广州的冬天经常像夏天一样热，且蓝花丹依然开着，所以放到冬天里说，也是成立的。

这清凉，主要来自蓝花丹的颜色，那淡淡的蓝，给人清爽宁静之感。蓝花丹来自非洲南部，白花丹科白花丹属常绿柔弱半灌木，又名蓝茉莉、花绣球。蓝花丹花冠筒长长的，花瓣从蓝紫色到蓝白色都有，花瓣表面有皱褶又有丝光质感，中间是一道深蓝色的脉纹，盛开的时候，簇成一个一个花球，与绣球有点像，但断不会错认，因为那种蓝，唯它独有。也有纯白色的变种，但没有了那抹蓝，谁又会去多看它一眼呢。

很多人把蓝花丹叫作蓝雪花，蓝雪花这个名字仿佛更文艺浪漫，更符合它脱俗的形象。但其实蓝雪花是产自我国的另一种花，据说颜值远没有蓝花丹那么高，它俩同科不同属。好在真正的蓝雪花长在比较偏僻的地方，大家也没啥机会见到。叫蓝雪花大家都默认是蓝花丹，就像广东人把宫粉羊蹄甲、红花羊蹄甲叫作紫荆花一样，大家都知道是什么植物。

蓝花丹也很好听，会让我想起蓝花布，虽然二者风马牛不相及，但纯粹简单的感觉其实是一样的。作为“蓝颜控”，蓝色系的花我都喜欢，更不用说它看似轻轻柔柔的，却并不娇生惯养，冬春和夏秋都能见到它开花，难怪有人叫它“开花机器”或“开花狂魔”。

另一种蓝白色的花我也很喜欢，就是蓝蝴蝶。到植物园的话，春天能看到它，冬天也能看到它。很多花都叫蝴蝶花，鸢尾、蝶豆甚至鸭跖草也直接叫蓝蝴蝶，但我说的蓝蝴蝶，是唇形科三对节属常绿小型灌木，又名乌干达桢桐，因主要分布于非洲乌干达而得名，据说它还没有正式的中文学名，暂且称之为“蓝蝴蝶”。最早由我国南方引种，盛开时与蝴蝶的相似度高达99.9%，几可乱真：有两对

蓝蝴蝶

蓝花丹

浅蓝色至白色的“翅膀”，有微微卷曲成筒状的深蓝色的“腹部”，有四枚雄蕊一枚雌蕊细长的“触角”。

蓝蝴蝶花量也大，花姿精致清雅，灵动可爱，声势、花期与皮实好养都与蓝花丹有得一拼。恰如宋寇准写的一首诗：“堪赏东君造化奇，装成蝴蝶满纤枝。粉融轻翅攒花蕊，疑是寻芳未去时。”这首诗一般认为写的是鸢尾，但如果寇准穿越时空，看到这种更像蝴蝶的花，说不定会将这诗转赠蓝蝴蝶呢。

还有一种花，“花球”上面飘逸的花瓣也像一群蝴蝶在轻盈起舞，那便是醉蝶花。也有说是因为这花把蝴蝶迷得不行而得名。

醉蝶花原产热带美洲，白花菜科醉蝶花属草本植物，又名蝴蝶梅、紫龙须，晚近才引入作观赏之用。见多了，就当“路边花”看待了。直到去年冬天在云台花园看到一片醉蝶花花海，认真仔细观看一株花，才发现它又精致又复杂，让人叹为观止。

醉蝶花花茎直立壮实，茎上排布着腺毛、托叶刺以及绿叶。花蕾由下而上次第开放，顶部是新花，底部已经结出细长圆柱形的蒴果，向四面八方伸展。花瓣颜色可以自由变化，淡白转淡红，淡红转淡紫，最后呈现粉白色，花蕾花瓣并存，淡绿淡粉淡紫红色参杂，非常迷人。花蕊细长，放射状伸出花冠之外，所以它的英文名叫“蜘蛛花”。这个名字让我想起蜘蛛兰，一种又叫水鬼蕉的长相清新有着清香的花，也是从热带美洲引种的观赏植物，白色细长的花瓣以及中间的形状确实有点像蜘蛛，但这天生丽质的石蒜科美人，有个那样的名字，还是觉得挺不公平的。

据说醉蝶花有令人不适的味道，但蜜蜂喜爱。这就行了，毕竟人家繁殖后代更重要，熏晕一两个人可以忽略不计。又说醉蝶花总是在夏季入夜的黄昏盛开，第二天白昼就凋谢了，所以被称为“夏夜之花”。我在植物园看到另一片醉蝶花是冬天的下午4点，靠近黄昏，一些花已经盛开，一些花正在梳妆打扮。再次说明岭南的花开不开主要看心情，不论季节的。

总之整株花看起来既凌乱又有秩序，整片花海看过去也一样。各色花瓣，就如一群斑斓的蝴蝶在花田里飞舞，很梦幻。

醉蝶花

似花还似非花

一品红，在街头的花坛里常见，在会议室里也常摆，更是逢年过节不可或缺的“街花”和年宵花，就以为是盆栽植物。直到在植物园看到树一样的一品红，才知道它还可以长得那么高大。

一品红原名猩猩木，因花色猩红而得名。一品红原指色香味美的一个荔枝品种，清末才被用来指代猩猩木，并流传至今，成为正式的中文名。清吴研因《喜抵广州》有诗：“浩气冲霄贯彩虹，玄天枉鼓不周风。依然北地胭脂艳，南国还多一品红。”

一品红原产中美洲。1825 年，当时的美国驻墨西哥公使第一次把这种植物带回美国。由于它在冬季绽放，是西方圣诞期间必不可少的装饰用花，因此又俗称圣诞红、圣诞花。它还有一个更俗的名字，叫“老来娇”，因为即使在天气萧瑟的冬天里，它依然开得那么娇媚。

一品红于清代传入我国，在广东、台湾等炎热的地方种植。因为颜色喜庆，因此大受欢迎。现在除了红色，还有白、粉、黄等色。其实我们看到最艳丽的部分并不是它的花，而是顶部的变态叶，顶叶中心那一簇鹅黄色像一只只小型杯子的才是真正的花。神奇的是，开花前，全株的叶子都是绿色的，开花时，顶叶会因品种不同而慢慢变红或变黄、变白，并长出同色的苞片。苞片可以替代花瓣的作用，吸引昆虫前来吸食花蜜，从而完成传粉。一品红跟夹竹桃、曼陀罗等被称为美丽有毒植物，所以我一般都是远观。

德国的歌德，不仅是诗人、作家，也是画家和植物学家。他在《植物变形记》中很浪漫主义地提出了“叶子变形理论”，认为植物都是从最简单的叶子演变而成的。170 多年后，他的理论被分子生物学证实了，被称为“ABC 模型”。这个太复杂深奥了，我自是看不懂，

一品红

*粉纸扇

但我看过介绍英国邱园的纪录片《植物王国》以及相关资料，知道花瓣大约是在一亿多年前演化出来的，当时的花瓣还非常小，功能也不强大。花瓣出现后，地球上开花植物的种类突然增多，这一事件被称为“开花植物大爆发”。花瓣形态多样，有多少种花就有多少种花瓣。植物为了生存，花小的、貌不惊人的，就会使出浑身解数，想办法把自己的叶子、萼片、枝条等各个部位利用起来，以吸引传粉者的注意。

除了一品红，绣球、三角梅、大花四照花、玉叶金花属以及天南星科的植物，都是这一类植物的智慧体现。

我第一次在植物园看到粉纸扇时，首先是被它特别的名字吸引，继而觉得它的样子和颜色也很特别。接着发现还有红纸扇、白纸扇、橙纸扇等。原来这是玉叶金花属的植物，分布于热带亚洲、非洲和波利尼西亚，我国约有28种，产西南部至台湾。此花现在路边绿化带也能看到了。它们各种耀眼夺目的叶形“花瓣”，其实就是变态的萼片。因为花叶像一把迷你的蒲扇，因此名为“纸扇”。而藏在萼片中间那小小的金黄色的“五角星”，才是真正的花。这真正的花还容易早落，所以需要进化出硕大而鲜艳的萼片来“打广告”，招蜂引蝶。

天南星科的马蹄莲、白鹤芋、花烛等，那艳丽的“花瓣”其实也是变态叶，叫佛焰苞片，而被包裹着的花，就是那直直的一根肉穗花序，常常被误会是花蕊。

还有些植物的柱头也能长成花瓣状。为了完成传宗接代的使命，植物们真是费尽周折煞费苦心啊。

总之，对这些“广告达人”，我是表示深深折服的。

* 白鹤芋

* 花烛

露冷风清香自老

中国传统文化里的“岁寒三友”，竹有节无花，梅有花无叶，松有叶无香，“三友”都有缺憾，唯独兰花，叶与花与香兼得，所以深受喜爱。

古人把兰花比喻为君子，如《孔子家语》的“气若兰兮长不改，心若兰兮终不移”，元赵孟頫的“虽无令色如娇女，自有幽香似德人”。

古人所赞美的兰花，是目前我们统称为“国兰”的春兰、蕙兰、建兰、寒兰和墨兰，叶子细长，花朵小，素淡雅致。这种香味浓烈的兰花多产于我国，长于荒僻野外幽谷，遗世独立，可谓“众香拱之，幽幽其芳”。而先秦至南北朝如《诗经》《楚辞》里描写的“兰”，学者认为并不是今天的“国兰”，而是菊科泽兰之类的香草，是当时黄淮流域常见的植物。“国兰”其实国外也有，比如春兰、建兰。

如今大家熟悉的、出现在年宵花市上绮丽娇艳的蝴蝶兰、文心兰、大花蕙兰、石斛、卡特兰、兜兰等，统称为“洋兰”，同样，既有从国外引进的，也有中国的原生种。它们原产于各大洲的热带雨林中，大多附生于树干上，花期很长。它们花大色艳、姿态优美，可惜少了幽香。

兰花的家族相当庞大，世界上目前已知的兰科植物有近三万种，是被子植物中仅次于菊科的第二大科。

我结婚那年，同事唐老师送了我一盆墨兰和一盆昙花。平时它们枝叶凌乱，灰头土脸，一点都不好看，我就放在阳台边上，也不怎么管它们。但墨兰开出紫红色花的时候，吓了我一跳，那清幽的身姿和缥缈萦回的芬芳，让我从此对它刮目相看。唐张九龄写的“紫兰秀空蹊，皓露夺幽色”，可能是最早赞美墨兰的诗句，他的家乡

蝴蝶兰

石斛兰

广东韶关，正是产墨兰的地方。

广州有一座精美的岭南古典园林，名兰圃，集清静、灵秀于一身，一步一景，处处皆画。初期是植物标本园，1957年改为专业培育兰花的园圃，主要接待国家领导人及外宾。1976年后才对普通游客开放。

李人凡前辈来广州，有空的话总是点名要去兰圃。那天下午，我和小巫陪他在兰圃幽静的园子里漫步，然后坐下来喝茶。泡茶的小姐姐说正好是花季，给我们每个人的茶杯里放了几朵干兰花。幽香的茶配着雅致的菊花糕，树上是清脆悦耳的鸟语，池塘里是气壮如牛的蛙鸣，我们意识乱流地说着不着边际的话。李老师说：这样的时光不可复制。我说：又有哪段时光可以复制呢？就像花从枝头落下，红颜不再，不过弹指间。

兰圃是观赏兰花的理想之地。华南植物园、云台花园、麓湖公园，四季都能看到各式各样的兰花开。

外表秀美优雅的兰花，却是植物界里最有心计的物种之一，为了完成传宗接代的大业，将昆虫玩弄于股掌之间。

美国自然写作作家沙曼·阿普特·萝赛在《花朵的秘密生命》中写道：“将近三分之一的兰花是靠招摇撞骗混日子。有些擅长拟交配，有些看似是安全的繁衍之处；很多闻起来像有食物奖赏，但实际上有的只是令人眼花缭乱的滑梯、迷径、旋转门、密室，还有出口，这些全是大费周章搞出来的。”

知道了这些，反而觉得兰花更可爱了。

我网购衣服时，有些店铺会附送赠品。有一天收到一个单独邮寄的赠品，包装精美，里面是用一朵橘红色真兰花做成的长项链，心下纳闷：哪个商家那么大方？这个赠品让我想起新加坡的国花胡姬花，当年去新加坡参加书展时还了解过把花制成精美纪念品的过程：在电解铜溶液中加入刚采下的胡姬花，然后制成银首饰或金首饰，将这自然之美永久贮存。但我嫌弃它没了花的本色，呈现的是银或金的面貌，没买。而眼前这朵花，不仅保留了花的形状和颜色，连花柄上那一点点脏和破损都保留下来了。

一日，跟老虫子打电话，我顺口提到了这朵花。她说："什么赠品，那是我买给你的礼物。"我问她咋不早说，她说时间太长，忘记了。原来那年秋假她到费城玩，在一个集市上看到这朵手工花，知道能寄回中国后就定制了。

从此我常挂着这朵兰花，逢人便炫耀："这是真花哦，老虫子送的礼物。"

兜兰

文心兰

名为兰，却不是兰

波波姐是个种花能手，经常在朋友圈晒花的图片和延时摄影的花开视频，其中有一段球兰开花的视频让我惊叹，一朵朵小花相继绽放，挨挨挤挤，等大家都开好了，那些小花居然很自觉地又调整了一下位置，每朵小花都得到妥善舒服的安排，且花型也更完整更漂亮了。这最后的操作简直让人看呆了。

花不仅会调适位置，花与花之间以及花与昆虫之间，也会合作的。比如花在一天中不同的时间开放，满足不同昆虫的需要；不同的花长在一起时会分段开花，一种先开，一种后开，昆虫也有更长的时间可以觅食。树也有这样的魔法：树干在很拥挤的情况下，树冠也会留下窄窄的缝隙，好像把天空分成了几块拼图，这种自然现象叫“树冠羞避”，被人称为“树木之间的边界感”。正因为这样，我们才可看到自然界的秩序和美景。这些是植物界的好邻居。当然，也有竞争，很多植物会像我们小时候男生女生同桌一样，划分好“界线”，然后警告道：你别过来！我的胳膊就经常因不小心“越过界”，而被同桌“砍”。

因为球兰这视频，我专门去了一趟植物园兰园。当看到攀在高高架子或树上再垂吊下来的球兰时，又吃了一大惊：原来球兰这么小啊。因为波波姐拍的都是特写，我便以为球兰很大，没想到这么小。想起我去云台花园看耧斗菜，也是大跌眼镜。我临摹过老师画的耧斗菜，画面上是一朵花或两朵花，就以为花很大，待看到耧斗菜本菜时，简直不敢相信自己的眼睛，那么小，不认真寻找简直都看不见它们。波波姐说，这还是大花耧斗菜呢。

好吧，就像耧斗菜不是菜一样，球兰其实也不是兰。

球兰

耧斗菜

蜂出巢

球兰是夹竹桃科球兰属，跟兰科兰属不是一家子，连亲戚都攀不上。球兰由十几至数十朵星状小花密密麻麻地聚集成伞花状，像一个球形捧花。每朵小花都很精致，星形花冠是天鹅绒质地，抱着中间像上了釉的小花，花心明艳，整朵小花如同粉雕玉琢，瓷器般闪着光泽，玲珑剔透。球兰花色也繁多，都是可爱的少女色系。安上“球兰”这个直白的名字，多少显得有些敷衍了事。其实人家又叫樱花葛、玉蝶梅、玉绣球，倒是与少女般的模样沾一点边。

大多数球兰是攀附生长的，而产于我国及东南亚的“流星球兰”却是直立生长。每枝花有十几二十几朵小花，呈放射状分布，小花花冠黄白色，盛开时如划过天际的流星，也像一群黄蜂倾巢飞出，极具动感。它太有特点了，所以学术界不认可它是球兰，其正式名为“蜂出巢”，属于夹竹桃科蜂出巢属。去年国庆，我陪远道而来既想见我也想见广州的花的小狐到植物园去，就看到了这个命名非常形象的“蜂出巢”。

还有很多以“兰”命名的，其实都不是兰，比如曾经大名鼎鼎的君子兰；比如我们经常能在街边看到、风雨过后就灿然绽放的风雨兰；比如文殊兰、紫罗兰、铃兰、小苍兰、剑兰、鹤望兰、米兰、白兰；比如大家非常熟悉的吊兰……

在这些带“兰”的植物中，吊兰与兰花的关系算是近的。吊兰原产于非洲热带地区，生长于森林的潮湿谷地或多石的悬崖上。它的花梗比叶子还长，向下悬垂，在初夏还会开出小巧可爱的小白花。

父亲曾经多年养植吊兰，长势极好。每次我回家，他都会在我房间的窗外挂上一盆葱茏的金边吊兰，这盆吊兰又带着许多小小的植株，随着风摇摇晃晃，很是养眼又养心。那时候母亲还在，吃饭的时候就来房间叫我，顺便聊上几句。这些年回去，有时候父亲会在房间的桌子上放几只人心果或一小串葡萄，这些都是他种养植物的收成。

后来，房间里还放了百香果。二十多年前，父母从广州带了两株百香果的树苗回去，种在天台上，一直枝繁叶茂、硕果累累，父亲足足搭了三层棚架。母亲走后，百香果开始慢慢委顿，父亲只好把它们拔掉，天台一下子变得空空荡荡的。两三年前父亲才重新又种了一株，现在叶子爬满藤架，也结出果来了。

只是，窗外再也没有了一盆晃晃悠悠的吊兰。

小寒探梅

梅花最早野生于我国西南，后逐渐传播到长江流域和台湾地区。在古人总结的“二十四番花信风”中，小寒的第一候，便是梅花。岭南这个节气的花信风，与古人的经验倒是难得地对得上号。

立冬以后，我就开始盼着梅花消息。“凌寒独自开”“梅花香自苦寒来”的说法，其实不关岭南的梅花什么事的，小寒前后，即便是温暖如春，梅花也一定应时而开。

广州寻梅的好去处，无非就几处：梅花村、萝岗香雪公园、白云山梅花谷、从化流溪河畔。

梅花村离我家只隔一条马路。进入小区，开花的树下早围了一群比我还老的老头老太，长枪短炮，三脚架，遮阳帽，个个武装到牙齿。一老太太从衣服口袋里掏出一个小喷壶，冲两朵青梅喷了几下，猛拍一轮，然后很慷慨地把这两朵梅花分享给我。我赶紧感恩戴德地拍了几张。老实说，喷上去的水珠密密麻麻，既不自然更不灵动。

梅花旁边就是楼房，阳台晾着五颜六色的衣服，电线横七竖八，谁家狗狗低头嗅着路面穿行在人们脚边。有人买菜回来了，放下菜篮子，掏出手机拍几朵梅花再回家做饭。

梅花村始建于20世纪30年代，当时，马路两边广植梅花，每逢隆冬寒天，香味飘溢，梅花村因而得名。后来梅花没有了，被人戏谑为“没有梅花的梅花村”。梅花重新被种植，是在2010年。路旁、墙边、屋角三三两两，不成林，但暗香四溢；虽疏冷，却可亲。是闹市里难得的一份清雅。

“萝岗香雪”早在20世纪60年代就是“羊城八景”之一。十里梅林，花开似雪。

梅花

腊八那天，我正在画一株蜡梅，心宇打电话来说下午要去萝岗拍梅花，我放下笔就跟过去了。开车的朋友先把我们放在一大片梅花树下，就去找停车的地方。心宇是专业人士了，带了一块黑布过来，我因为临时抱佛脚，只有剩一点电的手机，有时候对着一朵花，怎么戳屏幕都对不了焦，就偃旗息鼓了。于是主动担起举黑布的重任，被心宇称为“幕后黑手”。

拍了三个小时，等到去停车的地方与朋友会合时，才发现我俩一直在公园外边，离公园门口还远得很呢。真是太搞笑了。

婉琴看到我拍的那些梅花，说：“来梅花谷吧，宫粉梅已开遍枝头。”婉琴住在白云山下，一年四季拍山上的花草树木，自封白云山摄影艺术创作基地“地主婆”。

我和心宇就又上了白云山。“地主婆”名不虚传，她对梅花谷每棵树都了如指掌，知道哪棵树的花是单瓣的，哪棵是重瓣的，哪棵树的花昨天还很茂密今天却落光了。

梅花谷的梅花品种很多。我第一次看到宫粉梅，圆满粉嫩如少女的脸庞；也第一次看到重瓣青梅洁白的花朵和小小的果实并存枝头。

第二年，冬至前，梅花谷的老白梅开了。小寒前，宫粉梅也开了。便约了杨咩咩和小呙上山赏梅。

以为宫粉梅一开，白梅已经凋零，没想到白梅依然新鲜，洁白的花瓣在阳光下薄若蝉翼，几近透明。白梅有单瓣的，也有重瓣的；花萼有红的，有绿的，或者红中带一抹淡黄和一抹春绿的；花苞相应的也有红的绿的或红黄绿的，可爱地点缀在枝头。满山谷蜂飞蝶舞，暗香浮动。风一来，细小的花瓣就簌簌地飘落。红梅则会在白梅、宫粉梅差不多开过后，才盛装登场。

婉琴把梅花谷的白梅、宫粉梅、红梅次第开放喻为“梅花三弄”。“弄”本是“奏乐”的意思，现在人们又借“梅花三弄”来指一年之中梅树开花分三度：“一弄”是底部枝丫花朵绽放；“二弄”是中部枝干梅花大片盛开；“三弄”是梢头梅花开，有绿芽相伴，有小果相随。

我们在梅花“二弄”时去从化流溪河看“香雪”。“流溪香雪”是流溪河国家森林公园冬季别具特色的景色，是东南亚最大的赏梅基地，也是全国最早开花的梅林。

梅花漫山遍野，色白如雪。枝条横斜，在地上画着淡淡的疏影，影子仿佛都带着清香。山下是碧绿的流溪湖水，天上是小寒节气难得一见的湛蓝，衬得梅花愈发洁净。在纯白的花中，偶见一两朵粉色的，很佛系地夹杂其间，这应该是新品种洒金梅。一些梅枝，已性急地长出了红的绿的嫩叶，预备“三弄”了。

梅花扑鼻香，春天近了。

这繁复的盛放和凋谢

有一年4月，应婉琴之约去植物园赏花，听她的中学同学郭老师讲解。走到生物园时，看到一个巨大的花墙，树高叶大，已经完全枯萎了的褐色的花朵每一朵都完整地垂挂着，安安静静，没落一片花瓣，委实让人震撼。郭老师说，这叫非洲芙蓉，开花的时候是粉红的颜色，这一排花墙很壮观的，明年早点来就能看到了。

第二年3月去植物园，虽然看到了心心念念的玉兰花开，却仍然错过了非洲芙蓉的盛花期。花大多枯萎了，但依然如第一次见到的那样完整地吊在花梗上，而枯萎花朵的身边通常还伴有一朵新鲜的花，以及一个毛茸茸的花骨朵，仿佛在告诉我：瞧，我们非洲芙蓉把一生都陈列给你看了。

非洲芙蓉原产于东非及马达加斯加等地，因其叶片有点像我国的木芙蓉，而又来自非洲得名。1999年引入我国，2003年，热带地区已广泛栽培。我只在华南植物园见过非洲芙蓉，听说流花湖公园和海珠湖公园也有种植，但一直还没有机会去探访。

非洲芙蓉有几米高，最高可达15米。花很特别，从叶腋间伸出，悬吊着一个花苞。花序伞形，开花时长出花轴，花轴下辐射出小花梗，花便开在小花梗上。花全开时像一个粉红色的花球，一团团悬吊着。一个花球约有20多朵精致的小花，每朵小花5个花瓣，有一白色雄蕊及多枝雌蕊围绕。每一朵花像一个小铃铛，雄蕊就是钟舌。因为花朵是垂吊的，所以也有“吊芙蓉”的别名。叶子心形，巨大，叶缘锯齿，厚实粗糙，一些叶子的颜色很特别，绿色叶面上带着红的或黄的纹路或斑点，华丽丰富。

去年冬天，我去植物园看茶梅，意外看到了刚刚开放的非洲芙蓉，偶有枯萎的花朵垂吊着，但多是新鲜粉色的花球，以及大量生机勃

◦非洲芙蓉

勃的花骨朵。蜜蜂蝴蝶们飞来飞去，在各个花球间忙碌着。据说非洲芙蓉是由狐猴传播花粉的，夜晚狐猴来舔舐花蜜时，额头身上便会粘上花粉。现在应该没有狐猴，蜜蜂蝴蝶小鸟也一样可以完成传播使命的。

风来时，花朵们像坐在秋千上的美人，荡过来荡过去，散布淡淡的香味。花骨朵也一样，我甚至仿佛听到它们像孩子一样的快乐笑声，我都有点担心那柔弱的细长枝条，能否支撑那份沉甸甸的“开心”的重量。这次虽然又来得有点早，依然没看到那壮观的粉色花墙，但相比前两次，已经觉得算是“踏破铁鞋无觅处，得来全不费工夫”了，算是无意之中把“心心念念”落实了。

这时，我才知道非洲芙蓉其实是冬天的花，只不过花期一直延长到春天而已。之前傻乎乎的以为它春天才开，所以慢悠悠地等春节过后才去看，一看，人家已经开过了。估计那堵粉色花墙，是在春节期间出现的。

其实想想也没什么关系，所有的花不可能在统一的时间整齐划一地开放和凋谢，就像这三次所见，总有即将谢幕的迟暮美人、有风华正茂的女郎、有准备喷薄而出的少艾，这错落有致、枯荣参杂，才叫生生不息。不管处于什么阶段，虽然永远垂着头，但那姿态都是狂放的肆意的，优雅的美丽的，甚至是执拗的坚守的，就如那个花球不落下哪怕一片小小的枯萎的花瓣。

总之，我爱这繁复的盛放和凋谢。

非洲芙蓉

山茶花开春未归

最初见到山茶花，是在小时候住的大院里，几棵集中种在一起，大红的花开起来不管不顾的，是清李渔所说的“花之最能持久，愈开愈盛者”，开得连篇累牍，看着也累。但也是真好看。山茶是南方人春节喜欢在家里摆放的花。

山茶原产于我国西南，早在隋唐时代已经开始人工培植。7 世纪时，传入日本；18 世纪起，传往欧美。19 世纪 40 年代欧洲才开始流行山茶花，女子喜欢用花装点衣领。法国作家小仲马《茶花女》中玛格丽特佩戴的白山茶“千叶白”，据说就是一位船长 18 世纪末从中国带到欧洲的。汪曾祺先生曾写过：“茶花女喜欢戴的是什么茶花？大概不是滇茶，滇茶太大。我想是浙茶。而且无端地觉得，是白的。”

山茶是我国十大名花之一，自古受到推崇。唐司空图有诗云：“牡丹枉用三春力，开得方知不是花。”古人要表扬一种花，总要拿另外一种花垫背，这我是很不以为然的。本来就各美其美，没有可比性。山茶现在品类繁多，光看那些名字，什么金盘荔枝、十八学士、抓破美人脸、鹤顶红、香神、红牡丹、白雪塔……就已经乱成一锅粥了。

我以前看到的山茶几乎都是红色的，直到踏进华南植物园，才得以一睹这形形色色的茶花，如李渔在《闲情偶寄》中形容的：“其浅也，如粉如脂，如美人之腮，如酒客之面；其深也，如朱如火，如猩猩之血，如鹤顶之朱，可谓极浅深浓淡之致，而无一毫遗憾者矣。”特别是传说中有着怪异名字的“十八学士”，原来并不是像金庸在《天龙八部》里描写的能够开十八种颜色的花，而是花朵由几十片以上花瓣组成塔状花冠，花瓣层层累叠，有十八层之多，便又与唐李世

山茶

茶梅

☆杜鹃叶山茶

民于宫城西开文学馆，罗致十八学士讨论文献、商略古今联系起来，排列雅致的茶花仿佛十八学士围坐论道，故得名。

华南植物园引进山茶始于1996年，60亩的山茶园如今收集了300多种山茶属植物，每年秋季至春季，各种茶花竞相开放。

最早开的是茶梅，因其花瓣似梅花且与梅花同时开放，故曰茶梅。花形不大，有单瓣、重瓣，花色有粉、红、白、白中带粉或带红等。茶梅缀满枝头的时候，感觉比其他山茶更素雅可人。茶梅原产日本，但关于茶梅的文字记载我国先于日本。宋陶弼《山茶》诗有“浅为玉茗深都胜，大曰山茶小海红”句，山茶花小者乃海红花，即茶梅。茶梅与山茶的区别，看落花即可，茶梅的花瓣是一瓣一瓣落下的，山茶是整朵花掉落的。

日本人把茶梅称作“山茶”，而真正的山茶却叫作“椿花”。茶梅秋冬开，山茶冬天开，一直开到春天。

这时国家二级保护植物红皮糙果茶也开得正好，花瓣洁白舒展，花蕊明黄，开满一树，有着清新脱俗的气质，感觉比满园的茶梅更吸引眼球。只是将残的时候有点惨不忍睹，洁白的花瓣上满是褐色的斑纹，或枯黄一朵，如一位风华绝代的女子垂垂老矣，令人惋惜。

被誉为“植物界大熊猫”“茶族皇后”的金花茶，1960年在广西十万大山中首次被发现。它有茶界独一无二的金瓣玉蕊，被列为国家一级重点保护植物。我是在华南植物园的生物园观赏朱顶红时见到金花茶的。当时为我们讲解的志愿者郭老师一直强调，拍照时一定要把花瓣那种蜡质晶莹拍出来。多年前我家附近有个金花茶公园，那时刚刚建成，老虫子养了一只小鸭子，周末就带着小鸭子到公园里的那条人工小河里游泳。我从没有在金花茶公园见过花，但别人送过我制作好的茶，一朵朵的，太精致了，不舍得泡来喝。

杜鹃叶山茶，因为叶子像杜鹃而得名。1985年中山大学叶创兴教授首次发现于广东省阳春市，为国家一级保护植物，也是“植物界大熊猫”了。除了植物园，我在很多地方都看见过，我们大院一楼一户人家就种了好几盆。当然，进入了寻常百姓家，并不是说就不珍贵了。让更多的老百姓种花赏花，我想也是花之所愿吧。

随风吹起坠繁枝

宋杨巽斋有一首写玉绣球的诗："纷纷红紫斗芳菲，争似团酥越样奇。料想花神闲戏击，误随风起坠繁枝。"我觉得用在长成绣球状的花，如非洲芙蓉、紫花风铃木、黄花风铃木的身上，也是合适的。

广州一立冬，紫花风铃木就迫不及待地开得如火如荼了，紫色或紫红色的几朵或几十朵铃铛般的小花，组成一簇，无数的一簇簇，一团团，与开成花海的美丽异木棉，成为冬天花卉的颜值担当。现在广东各地都在野外大片种植，漫山遍野的真是壮观，吸引人们蜂拥而去。跑不了那么远也没关系，闹市里也有，比如天河公园、体育中心东北角，即使是一小片，就已经浓艳到让人趋之若鹜了。

有次我在体育中心正仰头拍照，一个小姑娘让我帮她与花合照。她兴奋地说："跑步经过这里突然发现这一片花，太高兴了。”是啊，广州真的没有“众芳摇落”的时节，就像美丽异木棉退场后接着就是木棉花开，黄花风铃木也会紧跟着紫花风铃木的脚步盛放，它们都在冬春无缝交接，这样的贴心安排，怎不让人高兴呢。

紫花风铃木是紫葳科落叶小乔木，原产中南美洲。现在热带地区都有引种，在广州乃至华南地区，已成为“网红花”。它的亲姐妹黄花风铃木，也叫黄钟木，从巴拉圭引进，最初在华南地区栽种，有二十多年了，现在到处可见，也是“网红花”了。

对黄花风铃木，有点一言难尽。早些年三八节活动，去郊外赏花，在一大片深红浅红的桃花、樱花中点缀着几棵高大的只见黄花不见叶的树，会觉得很惊艳。那时我曾这样形容：黄花风铃木在蓝天下一簇簇明艳盛放，仿佛摇着铃铛歌唱，又仿佛巴西桑巴舞女郎扭着腰肢，闪着太阳般炫目的金黄，热情似火地踏歌舞来。

现在黄花风铃木成为行道树，金黄一片，壮观则壮观，但毕竟

* 黄花风铃木

*满山的黄花风铃木

饱和度太高，看不出层次，无论是视觉上还是感觉上，我已经不那么热情了。加上我家附近街边也有几棵，看看就可以了。

倒是今年春天在老家，到山里看了一眼火了几年的漫山遍野的黄花风铃木。在山野，少了些喧闹，感觉又好一点。

黄花风铃木的花期很短，开过了，就剩下不起眼的果实和叶子。果实成熟后会自己裂开，里面有绒毛。木棉花棉絮飘飞的时候，既有美丽异木棉的棉絮加入，也有黄花风铃木的绒毛加入，令过敏人士苦不堪言。这时，人们一般不会对木棉有意见，毕竟是大家熟悉和喜爱的市花，但恐怕多少会迁怒于种的时间不那么长的美丽异木棉，以及花期过于短暂的黄花风铃木吧。

黄花风铃木谢幕的春末，我曾在海珠湖公园见过一株粉色的风铃木，查资料才知道这叫掌叶黄钟木，俗名洋红风铃木、玫瑰风铃木、粉花风铃木等，花冠初时紫红色，衰老时变成粉红色甚至白色。为了与其他两种风铃木的称呼统一，叫粉花风铃木更方便。它与紫花风铃木和黄花风铃木算是表姐妹，原产中美洲，现热带地区广泛种植。

华南植物园于20世纪70年代从美国和澳大利亚引入粉花风铃木，一年开两次花，4—5月和10—12月。春天或秋冬可以到植物园看花，其他地方栽种的还不多。

不管是什么风铃木，只要是满树繁花，人们便像过节一般兴高采烈地奔赴花海。花还能有什么别的心思呢，它们开着，为了繁殖；人们观赏着，心情愉悦，这就足够了。

紫花风铃木

有客自远方来

在广州年宵花市上，有一种像兔子耳朵一样的盆栽花很常见，叫仙客来，源自学名 *Cyclamen* 的音译，中文的意思就是远道而来的仙客。是谁起的这个仙气飘飘的名字呢？

周瘦鹃在《仙客来》一文中写道："记得三十余年前我在上海工作时，江湾小观园新到一种西方来的好花，花色鲜艳，花形活像兔子的耳朵。当时给它起了个仙客来的名字，一则和它的学名译音相近，二则它的花形像兔子，而我国神话有月宫仙兔之说，那么对它尊为仙客也未为不可。"可见，名字是爱花如命的周瘦鹃起的。

说到译名，还有一桩轶事：20 世纪初一种英文名叫"Violet"的蓝紫色小花传入上海，被译成"紫罗兰"。周瘦鹃的初恋情人英文名也叫"Violet"，40 多年来周瘦鹃一直忘不了她，不但种植此花，所编杂志、作品、居所名均带有"紫兰"二字。然而，他一生为之低首的紫罗兰，在当代植物分类学中是香堇菜，紫罗兰另有所指。世人皆认为这是周瘦鹃误译，但他并没有说是他翻译的。

仙客来是报春花科仙客来属，四瓣花瓣上卷，很像兔子耳朵，所以又叫兔耳花、兔子花等。原产于欧洲南部希腊等地，距今已有300多年的栽培历史，但它在地球上已经存在了600万年，是被子植物中的老前辈了。现在仙客来的花色品种越来越多，花瓣开始有褶皱，花色开始有渐变，广州人在“行花街”时，便有了更多的选择。

这灵巧可爱的花，在16世纪以前的地中海地区，曾经是喂养家猪的饲料，它的英文名称是“sow bread”，直译便是“母猪的面包”。也有说这名字源于野猪喜欢拱食地下的球茎吃。

有一种也是原产欧洲南部、仙气十足的花，叫飞燕草，它的花朵像燕子正在飞翔的样子，也称为鸽子花、千鸟花等。我在云台花园看到大花飞燕草时，不是被它的花形吸引，而是被颜色打动，尤

❀仙客来

❀大花飞燕草

* 金鱼草

其是那种深浅不一的蓝色或蓝紫色，冷艳优雅，清丽深邃。

大花飞燕草属于毛茛科。这个科出“美人”，例如一脸富贵相的牡丹，容易被名字误导的耧斗菜，线条复杂魅惑的银莲花……大花飞燕草长长的枝干上缀满了密密匝匝的花朵，花量巨大，花瓣却轻盈飘逸，无论是单独一枝看还是种成片，都别致清新。大花飞燕草花期很长，能从11月开到次年5月。

有一年春天，晓霞约我们到东平河畔看了一大片大花飞燕草，虽五颜六色，却超凡脱俗。

另外一种五颜六色的花海，种的是金鱼草，别名也与动物有关，如龙头花、狮子花、洋彩雀等。作为花海景观，且全年都开花，我觉得除了颜值高点，金鱼草跟“路边花”似乎没什么区别。

然而，这种原产地中海沿岸的花，早在古罗马时代，就完成了驯化，是研究植物遗传学和发育遗传学的重要模式植物，可以揭示很多关键的生物学问题。19世纪早期，达尔文就开始利用金鱼草做杂交实验了，金鱼草可是园艺植物中大名鼎鼎的“明星”。真的不要轻视任何一朵“路边花”，说不定人家来头不小呢。

花市上还有一种“草”不那么仙，但广受欢迎，那就是猪笼草。广东有句吉利话：“猪笼入水，银纸使唔晒（钱用不完）。”猪笼是空的，水为财，水滚滚而来，即财富滚滚而来。猪笼草长得像猪笼，作为年宵花就有了“财源广进”的好意头。猪笼草生长在热带地区，每一片叶片都能长出一个“猪笼”，也被人戏称为“自带的小马桶”，这就是它的捕虫笼。它用笼子的颜色和气味吸引昆虫，鲜艳润滑的笼唇有一些蜜汁，昆虫踩在上面吸食，一不小心就掉入长长的笼身里，笼的底部有由水和消化酶组成的消化液池，昆虫还没断气就被酶分解了。

猪笼草是藤本植物或直立草本植物，它的根系不能扎到土壤内部，吸收不到所需的养分，被迫进化出笼子捕捉昆虫，成了“肉食”植物。

沙曼·阿普特·萝赛在《花朵的秘密生命》中说：“因为植物不会动，我们就以为它们比动物善良，这真是天大的误会。正如一位研究者所写的，‘存心欺骗的传粉者似乎比行骗的植物少’。”

*猪笼草

仙风道骨今谁有

水仙和梅花、兰花、山茶等冬季花卉，是我国传统的“岁朝清供”。广州的花市上，水仙和桃花、吊钟花等是必备的“年宵花”。

小时候有个同学，她家过年必养一盆水仙，摆在茶几上，被我视为既清雅又奢侈。我家也种花，但父母却没有这样的雅兴，故这个同学令我羡慕了好多年。现在有条件了，但我依然在过年时不养水仙花，一是觉得又要雕刻又要控温的，巨复杂，不是我这种手残党能完成的任务；二是过年要回老家，来回折腾，就不给自己找挂念了。

况且，说到雕刻，总会联想到《病梅馆记》，不喜欢。就水仙而言，一派天然本真更好。

倒是过年前正好学到水仙这一课，便网购了两把漳州水仙用来写生，一把单瓣，一把重瓣，分别养在清水里。画了几枝下来，内心充满了喜悦。花原本就玲珑素洁，哪怕只画出其神韵的万分之一，也觉得格外盈盈动人。老师从这几幅水仙写生中挑了一幅，在师生画展上展出。这也是我第一次参加素人画展。

说到水仙，总离不开那个来自古希腊神话的“自恋”故事：河神与仙女的儿子纳西塞西长得很美，为了逃避儿子长大后会因看到自己而早夭的预言，母亲刻意让儿子远离水边。纳西塞西长大后，山林女神伊科倾慕其出众美貌，但得不到回应，引起报应女神娜米西斯的不满，引诱纳西塞西来到湖边。纳西塞西看到水中倒影那么完美，竟深深地迷上了自己。可是每次用手去碰水面，倒影就会消失，最后他跳下水去，他淹死的地方长出了水仙。这是传说的版本之一。

英国新古典主义与拉斐尔前派画家沃特豪斯画过一幅油画《山林女神与纳西塞西》，画面上纳西塞西趴在河边看着自己的倒影，山林女神扭头充满爱意而忧伤地看着他，水边的植物是黄色的水仙花。但植物界一般认为纳西塞西所化的，是古希腊常见的红口水仙，花瓣白色，黄色花心有一圈红色。

水仙原产欧洲地中海沿岸，唐代才传入我国。唐段成式《酉阳杂俎》首次提及水仙“捺祇，出拂林国”，“捺祇”与波斯语水仙同音，“拂林国”即当时的东罗马帝国，就在产水仙的地中海地区。在欧洲，直到17世纪英国人把野生水仙移植到他们的花园里，才让这种花逐渐流行起来。

现在我们常见的两种水仙，一种是变种的单瓣的“中国水仙”，跟花大色黄香味淡的原种比，花形更秀丽，香味更浓郁，因开的花白冠黄心、形状如盏又被称为“金盏银台”；另一种重瓣的叫“玉玲珑”

* 水仙花

或“百叶水仙”。就我个人喜好，仍然钟情于单瓣的。“仙风道骨今谁有？淡扫蛾眉簪一枝”（宋黄庭坚）。古人也以单瓣者为贵。

水仙因水中生，叶修长翠绿，花素淡雅致，冰肌玉骨，心怀幽香，娉娉婷婷，为古代文人所喜爱，在中国不再是美男子的代名词，而是以之喻高洁的品性或冰清玉洁的美人。宋黄庭坚以“凌波仙子”来形容，元姚文奂“离思如云赋洛神，花容婀娜玉生春。凌波袜冷香魂远，环佩珊珊月色新”，将水仙比作洛神。兼之民间的一些传说，所以水仙又名女史花、姚女花。

传说唐玄宗赐予虢国夫人12盆红水仙，虢国夫人每夜采花一柱，将裙襦覆盖在上面，第二天穿上觐见玄宗，玄宗称之为肉身水仙。周瘦鹃对此评论道：“以金玉七宝制水仙盆，已觉其俗，再加上了什么肉身水仙，真是俗之又俗了。”是啊，仙风道骨的水仙与这些矫情造作，画风一点都不搭，即使是红水仙也不行。

只是不知道这红水仙，是否就是唐时引进的古希腊神话里的红口水仙。

明朝时漳州蔡坂乡张光惠引种水仙花到家乡培育，康熙时其后人认为水仙花有观赏价值，带了千余株到广州，结果被抢购一空。自此漳州开始大量栽培水仙花运到广州售卖。现在，漳州出产的水仙因鳞茎大、多花、香味浓烈而广受欢迎，有“天下水仙数漳州”的美誉。

水仙是春天的使者，水仙花开完，季节开始进入新一轮循环。

参考文献

图书

（晋）嵇含．伟大的植物：南方草木状．兰心仪，编译．杨盈盈，绘．北京：中国画报出版社，2020.

（清）屈大均．广东新语．北京：中华书局，1997.

（清）陈淏．花镜．伊钦恒，校注．南京：江苏凤凰文艺出版社，2021.

潘胜利．花馔．广州：羊城晚报出版社，2016.

周文翰．花与树的人文之旅．北京：商务印书馆，2016.

蔓玫．节气手帖：蔓玫的花花朵朵．武汉：湖北科学技术出版社，2016.

叶灵凤．香港方物志：珍藏版．余婉霖，绘．北京：商务印书馆，2017.

汪曾祺．人间草木．北京：北京时代华文书局，2017.

王辰，林雨飞．七十二番花信风．北京：商务印书馆，2020.

周瘦鹃．花花草草．北京：商务印书馆，2021.

汤欢．古典植物园．北京：商务印书馆，2021.

周文翰．花与画的艺术之旅．武汉：长江文艺出版社，2021.

[比]莫里斯·梅特克林．花的智慧：博物图鉴版．赵晓燕，译．武汉：华中科技大学出版社，2020.

[美]沙曼·阿普特·萝赛．花朵的秘密生命：一朵花的自然史．钟友珊，译．北京：北京联合出版公司，2021.

[英]安格斯·海兰，[英]肯德拉·威尔逊. 名画中的花. 刘慧宁，译. 长沙：湖南美术出版社，2022.

[英]卡西亚·波比. 花朵小史. 杨春丽，译. 上海：文汇出版社，2022.

网站

植物智 *http://www.iplant.cn/*

中国植物图像库 *http://ppbc.iplant.cn/*

微信公众号

华南植物园

国家人文历史

博物

中科院之声

国家植物园

感谢肖复兴老师。他在为我第一本书《花有信，等风来》作序时，直言不讳地说：如果能够将书中与花相距远些的文字割爱，会更精粹耐看。所以书出版后，他问我有没有打算再专门写一本花的书，我说有。于是他支招：文字要短，花要多。我谨记并努力践行。

如果说《花有信，等风来》借由“花信风”这一节气概念，以时序中的花开花落编织成一个篮子，安放日常生活中的温暖小事，内容比较庞杂，花更多只是作为一个框架结构而存在；那么，《花城拾花》里，花是真正的主角，站在了舞台中央，而人的故事及情感，是隐藏在花的背后的。

感谢南方日报出版社，感谢为这本小书辛苦付出的每一位工作人员。尤其是责任编辑巫般昕，当她向我约稿的时候，看着坐在眼前的这个小姑娘，我想起自己年轻时候的青涩和热忱，我深怕辜负了她。

感谢负责本书装帧设计的燕婉，她不但为我这本小书做了一件别出心裁的美丽衣裳，还贡献了使君子、红蓼、水仙等几张照片。

感谢从事生物学教学、热衷于参与和推动自然观察和科普工作，现为华南国家植物园科普旅游志愿讲解员的郭倩文老师，她认真细致地审阅了书稿，从专业上为我把关。

整个春天我都住在父亲家创作这本小书。中医杨巧邦大夫为我开方调理身体，父亲的“炊事员”梁金芳照顾我的饮食起居，卫红弟时不时开车带我们到周边游荡一下，卫东弟每周一通闲聊电话，都让我能够张弛有度、精神放松。他们的合力，使我顺利地完成了文字稿的创作。感谢他们。

感谢邀我看花陪我看花的女朋友们，在此不一一具名，她们都出现在文章里了；感谢在这本书写作和日常中具体帮助过我的人，亦不敢一一具名，生怕遗漏了谁。每一位我都铭感不忘。

感谢教我水彩画的尤琳老师和教我没骨画的新田老师。这本小书里的插图便是水彩与没骨画法的结合，我希望有着与第一本书插图不同的一点新面貌。

“感谢我们赖以生存的人心，感谢这心中的柔情、欢乐和恐惧，对于我，最微贱的花朵常能给人深刻得眼泪也无法表达的思绪。”借诗人华兹华斯这句话，感谢我探访过的花朵们。

感谢先生一枤和女儿老虫子对我始终如一的支持和鼓励。

书中如有错漏，敬请读者诸君指正。

2023 年 6 月